W0331491

Élisabeth LAFONT

ASSASSINE

Les Presses du Midi

Tableau de couverture réalisé par Henrietta STUART

© Éditions les Presses du Midi
Impression PDM

---

121 avenue d'Orient - 83100 Toulon
Tel. : 04 94 16 90 20 - Fax : 04 94 16 90 29
Dépôt légal mai 2001
ISBN : 2-87867-319-0

À Julie et Morgane,
mes filles…

À Julie et Morgane,
mes filles…

Remerciements à Mme Lafont Battesti Michèle
pour son aide et ses encouragments.

INTRODUCTION

« Je m'appelle Isabelle ou plutôt Isa-moche… Isa la ratée.

Même mon prénom est catastrophique ! Maman voulait m'appeler Isadora comme La DUNCAN mais mon père trouvait que c'était un nom à coucher dehors, alors ils ont opté pour Isabelle, plus classique, plus mode. Ma mère m'a toujours appelée Isa, histoire d'avoir toujours le dernier mot…

... Et belle, je ne le serai jamais… Ma mère aurait mieux porté ce prénom que moi. Elle s'appelle Simone et n'en est pas trop fière ! Moi, je suis sa fierté ou plutôt, je l'étais… jusqu'à l'accident.

Nous étions unies jusque-là, une grande complicité nous liait… et puis je l'ai déçue, irrémédiablement déçue.

Tous ces sacrifices pendant des années réduits à néant… »

- Elle est déprimée, profondément déprimée, désabusée, c'est elle que vous devriez soigner ! Moi, je n'ai pas besoin d'aide ; je m'en sortirai toute seule, j'ai l'habitude de souffrir… Ce sont mes parents qui veulent que je vienne, je ne ressens pas le besoin de vous consulter !

- Sais-tu pourquoi tes parents veulent que tu consultes un médecin ?

- C'est parce que j'ai beaucoup grossi.

- Beaucoup ?

- Depuis l'accident, j'ai pris trente kilos.

- L'accident, c'était quand ?

- Il y a deux ans.

- Quel est ton poids et ta taille actuels ?

- lm65 pour 75 kg environ.

- Et avant l'accident ?

- 43 kg mais je mesurais 1 m6l et demi.

- Tu avais quel âge alors ?

- Seize ans.

- À quel âge as-tu été réglée ?

- Depuis six mois environ, à dix-huit ans, mais j'ai toujours eu depuis des cycles irréguliers et des règles douloureuses.

- Comment, toi, te sens-tu avec ces trente kilos supplémentaires ?

(Rires…)

- J'ai dû changer ma garde-robe !

- Oui, mais encore.

- Plus lourde !

- Te sens-tu « grosse » ?

- Non, les autres me voient ainsi, c'est leur regard, leur jugement. Moi, ça ne me dérange pas.

- Te sens-tu bien ?

- Oui, sauf que pour ma mère, il faut être maigre pour être bien. La grosseur, pour elle, est signe d'un laisser-aller.

- C'est important pour toi de plaire à ta mère ?

- Jusqu'à présent ça l'était ! Mais elle m'a rejetée, elle m'a laissé tomber au moment où j'avais le plus besoin d'elle, alors maintenant je n'ai plus besoin d'elle !

- Et ton père ?

- Lui, il est toujours resté fidèle, il n'a pas trahi, mais il n'est jamais là ; C'est un homme d'affaires trop occupé !

- Tu as des frères et des sœurs ?

- Non, seulement mon chat « Noureïev ».

- Des amis ?

- Quelques copines.

- De bonnes copines ?

- Elles sont un peu immatures et on n'a pas vraiment les mêmes centres d'intérêt !

- Existe-t-il une personne à qui tu peux te confier ? Des grands-parents, une tante ?

- Non, pas vraiment.

- Et cela est-il difficile à supporter ?

- Avant non, j'avais la danse et cela représentait tout pour moi ! Maintenant, j'ai beaucoup réfléchi et je me sens souvent seule ! Mais cela ne me dérange pas, je me suis adaptée à mon nouveau mode d'existence !

- Es-tu heureuse ?

- Non, pas spécialement.

- As-tu des idées morbides ?

- euh !

- As-tu déjà imaginé vouloir te suicider ?

- Oui, mais c'est le lot de tous les adolescents, non ?

- Oui, bien sûr, mais as-tu envisagé sérieusement le geste, quel moyen employer ?

- Mais c'est de l'incitation ça ! Si je n'avais pas eu l'idée, vous me la donneriez !

- Non, je veux essayer de comprendre, de savoir si tu souffres, de savoir si je peux t'aider.

- Vous savez, depuis l'âge de quatre ans, j'ai appris à discipliner mon corps et mon esprit. Je suis forte, je n'ai besoin de personne et je vous fais perdre votre temps !

- Non, j'ai du temps à te consacrer dans le cadre de mes consultations et contrairement à ce que tu m'as dit, je pense que je peux t'aider... Il faudra se voir régulièrement pour discuter, à ta convenance ; prends le temps de réfléchir à ma proposition...

- Maman m'a dit que j'étais une enfant très précoce, que j'étais une enfant « surdouée » ; d'autres me l'ont dit plus tard et je l'ai cru…

« Tu as marché à dix mois, tu étais propre à vingt mois, tu as parlé couramment avant deux ans, tu as sauté une classe, même deux si j'avais voulu ; tu as toujours été la plus jeune élève de ta classe ! »

Je ne parle même pas de mon QI maintes fois testé et clamé !

« ...et lorsque tu as revêtu le tutu rose et les chaussons de danse assortis, j'ai su que tu serais une danseuse exceptionnelle, nous avons la danse dans le sang depuis des générations »

« Regarde, dès qu'elle entend de la musique, elle bouge harmonieusement, en rythme ! »

De front, j'ai mené la scolarité toujours au top niveau et les cours de danse ; deux heures par semaine au début puis deux heures par jour après les études. Mon corps naturellement souple, se transforme : la discipline quotidienne le dessine, le fuselle.

Le port de tête droit (mieux vaut avoir un grand cou !), le chignon qui dégage le visage (mieux vaut l'avoir avenant !), le port de bras en harmonie avec la position des pieds s'il vous plaît ces derniers « en canard » (toujours travailler l'en dehors) avec un beau cou-de-pied, c'est encore mieux ! Le dos bien droit et une touche finale d'anorexie sont le point commun de la caste particulière des danseurs.

En réalité et indépendamment de prédispositions physiques innées, la danse requiert beaucoup de labeur acharné, pas toujours récompensé à son juste prix. Le placement permet de préserver le centre de gravité dans n'importe quel déplacement : bascule du bassin en avant ; sollicitation des abdominaux, des fessiers ; les épaules abaissées…

Et le regard… très important le regard : fixer un point précis, la direction adéquate… L'expression du visage…

La respiration synchrone : l'inspiration, voire l'apnée, pour les mouvements aériens ou les équilibres, l'expiration pour étirer d'avantage le corps, récupérer son énergie ou exprimer son émotion… le rythme enchaîné des accélérés et des ralentis ; les pulsations de la vie, le temps qui suspend son vol…

Les pieds sont le souffre-douleur de ce corps supplicié : la cambrure avec le travail des pointes, les cals, les cors, les ampoules mais aussi les crampes musculaires, les claquages, les entorses… Une activité masochiste me direz-vous !... comme tous les sports de haut niveau vous répondrai-je. Sauf que la danse a un statut particulier, entre le sport (bien que non considérée comme une discipline olympique même si certains pratiquants sont des athlètes de haut niveau) et l'art.

J'ai eu la chance d'avoir de bons professeurs consciencieux et responsables qui m'ont encouragée à donner le meilleur de moi-même, qui ont rectifié mes défauts et exploité mes qualités. Les compétitions sont venues ensuite : auditions, concours... Le stress qui fait avancer et les gratifications, l'engrenage que procure le plaisir de la reconnaissance : on est important, on sort du lot !

J'avais le physique de l'emploi : gracile, menue, légère ; ma mère m'achetait toujours la panoplie dernière mode et c'est vrai que j'étais assez satisfaite de l'image que me renvoyait le miroir. Le plus souvent au premier rang, j'étais l'enfant qui levait la jambe le plus haut (genoux tendus !), qui tenait les équilibres le plus longtemps, qui réussissait le plus de pirouettes. Fréquemment, les professeurs me montraient en exemple et j'effectuais seule le mouvement au regard de tous. J'ai eu conscience très tôt de la facilité, de l'aisance avec laquelle j'évoluais ; cependant, chaque jour, je m'astreignais à des efforts physiques qui exigeaient beaucoup de sacrifices : je n'avais pas le droit d'être oisive, ni de trop jouer, encore moins de trop manger (mais je n'avais plus très faim !) ; le patinage et le ski m'étaient fortement déconseillés. Je fréquentais essentiellement les enfants de mon âge aux cours de danse mais la rivalité entre nous était grande car la sélection rude ! Je n'avais jamais songé alors à faire autre chose ; la danse était ma vocation, me passionnait et je m'y adonnais.

Pour satisfaire également mon père, je réussissais ma scolarité mais elle m'enthousiasmait moins, je m'ennuyais à l'école... Ma mère m'accompagnait dans tous mes déplacements et consacrait beaucoup de temps à me faire pratiquer cette activité de danse. Quand j'ai eu dix ans, un important dilemme s'est posé : choisir de présenter l'école prestigieuse de l'opéra de Marseille ou bien rester sur Toulon, au conservatoire ou dans les différentes écoles privées.

- J'ai souhaité vous rencontrer, vous et votre mari, au sujet de votre fille Isabelle.
- J'ai eu du mal à convaincre mon mari de venir... il s'agit pourtant de l'avenir de notre fille !
- En effet, cela vous concerne tous trois. Votre fille a un énorme potentiel, elle est douée, aime la danse et progresse très rapidement. Elle est très jeune mais très mature, très volontaire. Je pense qu'elle doit présenter le concours de l'opéra de Marseille, elle est prête : c'est la voie royale pour elle.
- D'abord nous habitons Toulon et je ne suis pas sûr qu'elle ait déjà choisi son avenir de façon certaine, elle a encore le temps de changer d'avis !
- Je comprends, Monsieur Dauvignac... pour résider à Marseille, il y a des internats ou des particuliers qui hébergent les danseurs. J'ai des adresses très fiables. En ce qui concerne sa motivation pour la danse, je n'ai aucun doute là-dessus et croyez-moi, j'en ai vu passer des jeunes artistes en devenir !
- Il y a également la solution de déménager !

- Ma chérie, je te rappelle que mes affaires sont à Toulon.

- Nous pourrions louer un studio à Marseille et nous te rejoindrions le week-end... ou bien aller habiter chez mes parents à Aix, ce n'est qu'à quarante kilomètres !

- Et toute la semaine, je resterais seul à Toulon.

- Mon mari ne veut pas comprendre que seules les grandes villes sont pourvoyeuses d'artistes... et surtout Paris d'ailleurs !

- Mais on n'en est pas là tout de même, ta fille n'a que dix ans et elle n'a pas prouvé qu'elle est ou sera une grande artiste !

- Mais elle ne le sera jamais si elle reste à Toulon !

- Non madame, on peut trouver d'autres solutions. À Toulon, il y a le conservatoire et de très bonnes écoles privées. Elle pourra conforter son niveau. Il faudra qu'elle s'entraîne deux heures par jour tous les jours.

- En plus de son travail scolaire !

- C'est le minimum, monsieur, cela ne devrait pas poser de problèmes ; en général, ces enfants mènent à bien leur cursus scolaire et leur passion. Avant d'arrêter votre décision, discutez-en avec Isabelle, cette enfant a des qualités exceptionnelles et plus tôt elles seront saisies, plus grande sera la chance qu'elle se démarque de la multitude... mais elle aura besoin aussi de son équilibre familial ; ensemble, vous déciderez !

Mon père ne discuta pas et refusa l'opportunité marseillaise au grand dam de ma mère. Pour la première fois de mon existence, il lui opposa un non catégorique et formel, il ne voulait pas déménager, encore moins me voir partir en internat et encore moins rester seul. Il s'engagea, par contre à assister à tous mes spectacles. Ce qu'il fit. Ma mère redoubla d'ardeur à poursuivre notre but commun et m'inscrivit à tous les stages de danse qui se présentaient. Le drame familial finit par se tarir et, pour fêter mon dixième anniversaire, mes parents m'offrirent un cadeau cher à mon cœur, une barre de danse et un miroir sur pied assorti : j'amenais ma passion à la maison, dans ma chambre. Je ne me contenterais plus de quelques glissades dans le couloir et de quelques pirouettes dans la salle à manger. Mes parents (et donc mon père) me consacraient danseuse !

Un an plus tard, un deuxième « cratch » à l'édifice si soigneusement construit par ma chère mère se présenta : je voulais faire de la danse moderne ou du modern'jazz. Mon langage corporel demandait à se diversifier en même temps qu'évoluaient mes goûts musicaux. Je demandais à apprendre, ma curiosité était insatiable. Au bout de maintes péripéties, j'eus gain de cause à condition de ne pas arrêter la danse classique et je pus également commencer le flamenco, une danse plus terre à terre mais qui a du caractère avec ses chaussures ferrées, ses robes à volants et ses castagnettes.

Les garçons ne m'ont jamais intéressée. Aux cours de danse, ils étaient plutôt rares. L'école est devenue mixte à partir du collège mais je n'ai jamais éprouvé à leur égard les mêmes émotions que mes copines.

Souvent, nous allions aux spectacles de danse : le festival de Châteauvallon nous faisait découvrir des troupes inconnues mais talentueuses. Mais mes souvenirs préférés restent liés à des lieux magiques : le «boléro » de Ravel, interprété par Jorge Donn, lors d'une soirée dans les arènes d'Arles, chorégraphié par le maître Maurice Béjart; « Songe d'une nuit d'été » dansé par Patrick Dupont au château de l'Empéri à Salon-de-Provence lorsqu'il faisait partie de l'opéra de Paris, des chorégraphies de Martha Graham au festival de Vaison-la-Romaine ou encore les ballets de Roland Petit : « Casse-Noisette » ou « Le Lac des Cygnes » à l'opéra de Marseille.

Des musiques comme « le Sacre du printemps » ou « l'Oiseau de Feu » de Stravinsky, « Carmen » de Bizet, « la neuvième symphonie » de Beethoven, « les quatre saisons » de Vivaldi, « Un américain à Paris » de Gershwin, « West side story » de Bernstein... ont bercé ma jeunesse, éduqué mes oreilles et résonnent à jamais en ma mémoire.

Sur les murs de ma chambre s'étalaient des photographies (noir et blanc) des spectacles de Maurice Béjart : l'esthétisme, le graphisme, le charisme, l'expressivité et la beauté des danseurs habitèrent mes pensées pendant de longues années.

Des étoiles comme Rudolf Noureïev, Mickaël Denard, Mikhaïl Barichnikov, Dominique Kalfouni, Noëlla Pontois, Alvin Ailey Company, Gene Kelly, Antonio Gades... ont enchanté mes nuits d'enfance et d'adolescence.

Avec ma mère, nous partagions le même bonheur et la même félicité au cours de ces soirées, c'était vraiment des instants privilégiés !

À onze ans, j'effectuai ma première chorégraphie en solo sur scène. J'étais assez angoissée de danser deux minutes trente devant un public, j'avais peur de le décevoir. Finalement, je terminai l'épreuve avec les félicitations unanimes du jury. Les jambes flageolantes, je fis la révérence et retrouvai vite, dans les coulisses, ma mère qui m'attendait, un bouquet de fleurs à la main : mon premier bouquet de fleurs…

À part ça, le « train-train » était bien huilé jusqu'à l'accident… Toujours pressées, toujours en retard, coincées dans les embouteillages, nous avons eu un accident de voiture sur la route nationale de Toulon à Hyères : ma mère au volant, moi à côté. Une voiture déboulant perpendiculairement sur notre voie et ne respectant pas le stop a percuté de plein fouet et à bonne vitesse les portières droites de notre voiture. J'ai alors été polytraumatisée : un volet costal, une contusion pulmonaire droite, un hématome du foie, fracture du bassin, fracture humérale droite, rupture du ligament croisé antérieur droit (mais ça, on ne l'a pas vu de suite !), multiples contusions… Ma mère, rien, seulement quelques écorchures… Le jeune conducteur responsable, je ne sais pas et je n'ai pas voulu savoir…

La réanimation d'abord, puis les services de chirurgie ensuite, sans oublier la rééducation, ont eu raison de toutes mes séquelles sauf une... mon genou droit instable que le chirurgien n'a pas voulu opérer dans la foulée.

Ces traitements ont duré un an et demi et inutile de vous dire qu'ils ont mis un frein à toutes mes activités. J'ai dû entamer le deuil de la danse... Ce constat a provoqué un sentiment dépressif. J'en ai perdu le goût de vivre, de m'instruire. Mes études jusque-là brillantes avaient définitivement cessé de m'intéresser, je ne voulais plus...

Ma mère a également sombré dans la dépression. Elle se sentait responsable de l'accident, elle culpabilisait de n'avoir eu aucun traumatisme physique... et toutes ses perspectives d'avenir pour moi s'envolaient en fumée !

Progressivement, l'inactivité physique et l'ambiance familiale m'ont poussée à chercher refuge insidieusement dans la nourriture. Moi qui avais un appétit d'oiseau, je suis devenue boulimique surtout envers les sucreries et, sans remords, je dévorais paquets de gâteaux, tablettes de chocolat, viennoiseries... tout ce qui était interdit avant. Je me réfugiais dans un monde imaginaire où j'étais encore désirée, sollicitée...

« Je ne dois marcher que sur les carreaux blancs…

Si jamais ma chaussure empiète sur les carreaux noirs, il va arriver un malheur, c'est certain !... à mes parents… ou à mon chaton… à moi, c'est moins grave !...

Pas un centimètre de mon pied ne doit dépasser la limite interdite !... Les dalles blanches, elles, sont autorisées…

Vite ma chambre, mon antre, mon refuge, le seul endroit qui m'abrite… Là, rien ne peut m'arriver ! »

- Simone, tu ne trouves pas Isabelle bizarre en ce moment ?

- Non, je n'ai rien remarqué…

- Dimanche, lorsque nous sommes allés au marché, avant de traverser au passage clouté, elle a fait trois fois le tour du réverbère ; résultat, en l'attendant, le feu est repassé au vert. Je lui ai demandé une explication, elle m'a alors répondu que de toute manière on n'était pas pressé, on avait tout le temps pour mourir !

- Ah bon !

- Elle passe des heures dans sa chambre…

- Ça, c'est normal !

- …à ne rien faire, à se prélasser…

- Le seul fait que j'ai remarqué est qu'elle reste longtemps dans la salle de bains, aussi nous devrons bientôt prévoir une salle d'eau supplémentaire !

- Mais qu'est-ce qu'elle fait dans la salle de bains ?

- Elle se regarde, elle se fait belle, j'imagine, comme toutes les adolescentes !

- Et combien de temps occupe-t-elle les lieux ?

- Au minimum trois heures le matin.

- Et elle sort après ?

- Non, elle va s'enfermer dans sa chambre…

- Écoute, ne nous voilons pas la face plus longtemps, il y a un problème ; il faut nous mettre en relation avec un médecin, notre fille est en train de devenir maboul !

- Tout ça, c'est de ma faute… C'est depuis l'accident… Je m'en veux tellement !

La salle de bains est mon autre havre de paix… car je peux la fermer à clé… et n'ai de compte à rendre à personne, surtout pas à ma mère, cette fouineuse qui m'espionne à longueur de journée !... J'aime cette pièce spacieuse, éclairée, propre, avec tous ces miroirs… Je m'observe… Je contemple ma lente métamorphose… loin du regard de tous… Je le sais, mes parents ne me comprennent pas, ils s'imaginent que je deviens dingue… Bien sûr, vu de l'extérieur, ça peut donner cette impression, mais je ne me sens pas du tout folle… J'ai simplement besoin de silence, de me recueillir, de me retrouver seule pour faire le point. Parfois mon esprit est parasité par toutes sortes de pensées peu recommandables, elles m'obsèdent, elles me rongent… mais j'ai finalement trouvé la parade et mes parents ne se rendent pas compte que maintenant, je maîtrise totalement la situation… Évidemment, j'ai beaucoup changé et ce n'est pas facile pour eux de le concevoir… ni pour moi d'ailleurs !... J'ai grandi, suis gratifiée de quelques bourrelets, suis scarifiée de plusieurs belles cicatrices depuis l'accident et le «must » : il me pousse de plus en plus de poils partout… Si ça continue, je vais me transformer en gorille, la femme mutante, vous connaissez ! Mais le tableau n'est pas complet : mon nez pousse de plus en plus de travers, j'ai de gros mollets… et de gros nichons. Il va me falloir investir dans un soutien-gorge si je ne veux pas que bientôt ils me tombent aux genoux, ils sont lourds, c'est agaçant !... On me dirait affublée d'une double prothèse… mais ce n'est pas à moi ces excroissances, je n'ai pas souvenir de les avoir commandées au père Noël que je sache !... Enfin, pour résumer, je suis une handicapée… je suis moche, un laideron, un pou… Qui voudra de moi plus tard ? Quel prince charmant voudrait enlever sur son beau cheval blanc… la fée Carabosse ? Je deviens flasque, j'ai même de la cellulite sur les cuisses… ça c'est nouveau, je ne l'avais pas vu hier !... Peut-être qu'avec les progrès de la chirurgie esthétique, j'envisagerai dans quelques années de tout refaire… Il faudra d'abord que je joue et que je gagne au loto car ça ne doit pas être donné, tout ce ravalement !

...Pourquoi les poupées « Barbie » sont-elles toujours blondes et lisses ? Pourquoi « la Belle au Bois Dormant » a un teint de porcelaine et des yeux langoureux ? Si on ne glisse pas dans ce moule, que reste-t-il pour les autres ? Quelles perspectives d'avenir ?... À quoi rêver ?... Quasimodo, mon fantasme ?... Et voudrait-il de moi, lui qui aime la belle Esméralda ?

La beauté ouvre tellement de portes, crée tellement d'opportunités… une famille, des amis, la richesse, la vie facile… Je le sais, je l'ai vu dans les séries télévisées : Dallas, Dynastie, Santa Barbara… et j'en passe… Ils sont toujours parfaits, bien coiffés, bien maquillés, même quand ils sortent du lit. Ils ont une belle maison, de beaux enfants. Ils se marient entre eux forcément ! De belles voitures, une piscine, voire un ranch, un yacht, des entreprises sont leur environnement quotidien. Ils jouent au golf ou au tennis. Les mets qu'ils consomment sont toujours raffinés. Ils ont des œuvres d'art sous les yeux à longueur de journée. Ils se font servir et l'on se bouscule pour les satisfaire… Et moi… fée Carabosse… dans tout ça, quelle place ai-je ?... Celle de la souillon ?... Ils ne me prendraient même pas à leur service !... Ah ! si j'étais ma mère… J'adore jouer avec ses produits de beauté, son poudrier, ses pinceaux, ses fards, ses parfums, ses crèmes de jour et de nuit, ses masques à l'argile verte, ses sels de bain, ses peignoirs en soie… Elle a tout ce que je n'aurai jamais !... Et tout ça, obtenu par sa joliesse, la finesse de ses traits… Moi, les miens sont grossiers et seule la médiocrité sera ma destinée !...

...Ou bien développer la beauté intérieure, la voilà la solution ! Dans les revues, les journalistes évoquent le charme, le charisme, le mystère… Telle personne est éblouissante, radieuse, voire épanouie, il émane d'elle une chaleur irradiante… Son regard profond, son sourire sincère et sa voix rauque la caractérisent… Mais comment fait-on pour obtenir cet effet ?... Ne pas y penser, attendre que la séduction nous envahisse inconsciemment… Sommes-nous aussi délicieuses avec un gros cul ?... Quoique, c'est affaire de goût, de mode et de culture… Malheureusement pour moi, c'est plutôt la taille mannequin qui est au goût du jour dans nos belles contrées… À quand l'ère des primates ? Suis-je née trop tard ?...

- Comme convenu initialement et à votre demande, j'ai vu à trois reprises Isabelle en votre absence et je suis en mesure de faire un premier bilan concernant sa santé mentale, sujet qui vous préoccupe. En premier lieu, je vais vous rassurer, il ne me semble pas qu'elle présente une pathologie lourde, d'ordre psychotique, si vous voulez. Par contre, je peux vous affirmer qu'elle est très angoissée, très perturbée actuellement. D'abord, l'accident a été un choc pour elle car il remet en cause sa vie passée et son avenir fantasmé... Ensuite, la conséquence de ce choc et de l'arrêt brutal de l'activité physique intense est l'arrivée intempestive de la puberté qui jusqu'à présent était freinée. Le résultat est qu'elle ne se reconnaît plus dans ce corps qui grandit trop vite tout d'un coup, avec ses décharges hormonales qui sont responsables des signes pubertaires. Elle déteste se voir grandir, se voir vieillir, elle était si bien dans son rôle d'enfant ! Il va falloir qu'elle renonce, en plus de la danse, à vous, ses parents, temporairement, comme tous les adolescents. Elle va vous détester et, en même temps, culpabiliser, mais c'est le prix à payer pour qu'elle devienne autonome... Ce tribut est celui de tous les enfants de son âge mais, pour elle, ce qui est difficile, c'est qu'elle n'a pas eu le temps de se préparer, tout arrive trop vite et en même temps, or il est indispensable qu'elle s'adapte rapidement. Là où je peux intervenir, c'est en me substituant progressivement à vous pour qu'elle fasse un transfert sur une personne neutre, affectivement. La transition la sécurisera et lui permettra ensuite de voler de ses propres ailes... Actuellement elle se déteste, elle a très mauvaise opinion d'elle-même... Je peux l'aider à accepter sa nouvelle personnalité, à apprendre à s'aimer, ce que dans notre jargon on appelle « restaurer le narcissisme...

- ...Et comment pouvons nous l'aider, nous ses parents ?... Comment continuer à l'éduquer ?. ... Elle est très agressive et surtout envers ma femme...

- D'abord, il faut la respecter en tant que personne... Par exemple sa chambre est son territoire, il ne faut pas envahir son territoire, il ne faut pas lire son courrier ; elle a le droit d'avoir des secrets...

- Mais, si elle se drogue ?...

- C'est votre opinion madame, vous pensez que votre fille consomme de la drogue ?

- Non, mais elle est tellement bizarre en ce moment...

- Par exemple ?...

- Elle marche en zigzagant, a des rituels étranges, est nouvellement superstitieuse...

- J'en ai discuté avec elle... Ce sont des manifestations de son angoisse, une manière de détourner son anxiété, des situations qu'elle peut maîtriser, dont elle peut détourner le cours normal face à ces bouffées d'inquiétude concernant l'inconnu... Pour le moment ces troubles obsessionnels compulsifs ne m'inquiètent pas... Par contre il faut veiller à ce qu'ils ne se cristallisent pas… Il faut être vigilant… être à l'écoute… être bienveillant. C'est tout ce que vous pouvez faire actuellement : être présent mais pas étouffant…

- Que penses-tu des propos du docteur ?
- Je n'ai pas compris la moitié de ce qu'il a raconté… De toute façon, tout est de ma faute, je le sais…

Je n'ai pas présenté le bac l'année de mes seize ans, ni l'année d'après d'ailleurs… j'ai arpenté les salles d'attente des différents spécialistes. J'attendais… jusqu'au jour où j'ai eu une discussion mémorable avec mon père…

- Isabelle, tu dois réagir, tu es en train de te détruire et je ne peux pas te laisser faire…

- Mais de quoi parles-tu ?

- Tu ne fais rien, tu traînes toute la journée, tu as pris des dizaines de kilos, il ne faut pas te laisser aller de la sorte !

- J'ai du mal à encaisser ce qu'il m'arrive, alors je compense.

- Sors, va voir des copains, des copines !

- Apprends à conduire, aie un accident et en plus, maman n'était même pas bourrée !

- Écoute, ta mère et moi, avons fait tout ce qui était en notre pouvoir pour t'élever, mais c'est dur d'être parents ! Tu ne peux pas reprocher à ta mère de ne pas s'être occupée de toi !

- Elle n'a pas été là au moment où j'avais le plus besoin d'elle !

- Elle était incapable de t'aider à ce moment-là, elle-même était trop perturbée !

- Tu lui donnes toujours raison bien sûr ! Mais qu'est-ce que tu me reproches au juste, de ne pas avoir passé mon bac !

- Oui, par exemple. L'année dernière les événements ont fait que tu ne pouvais pas le présenter, mais cette année tu n'avais que ça à faire : travailler !

- Et ça changera ma vie d'avoir le bac ?

- Non, mais pense à l'avenir et à ta situation professionnelle. Que veux-tu faire plus tard ?

- Je ne sais pas, l'avenir, je ne le vois pas.

Isabelle, fais-toi violence, bouge de ta coquille, ne t'enferme pas !

- Soit, d'accord. Si tu veux, je vais beaucoup sortir…

Mademoiselle Simone Grandgeorge, jeune fille gracieuse et avenante, finit par rencontrer l'époux tant convoité en la personne de monsieur Gérard Dauvignac. Cela faisait plus de deux ans qu'elle arpentait le cours Mirabeau et les terrasses de café d'Aix-en-Provence à l'affût de son prince charmant. Issue d'une famille de commerçants relativement aisée, le destin était déjà tracé pour cette fille unique, à savoir la relève de l'affaire familiale : une boutique de porcelaines, vaisselles et listes de mariages. Dès son plus jeune âge, elle avait grandi au milieu des rayonnages et avait, plus d'une fois, rêvé à son futur trousseau, à la décoration de son intérieur et à son statut de femme mariée. Nul doute que rester encore dans ce décor embaumé et vieillot ne l'excitait plus outre mesure. Elle préférait de loin s'échapper dans le magasin voisin : une boutique plus mode, aux couleurs chatoyantes, aux doux tissus, où les chaussons Répetto côtoyaient les justaucorps, les tuniques et les collants de toutes les couleurs, les jupons en tulle, les plumes, les vestes en lamé doré, les velours, les cache-cœurs en lainage… Que de spectacles et de revues n'a-t-elle pas imaginés… Mais, à vingt ans, il est temps de passer à des sujets plus concrets et, vieille-fille, elle ne restera pas… Surtout ne pas ressembler à son horrible tante Joceline toujours seule à quarante-six ans ! Peu portée sur les études, elle eut le mérite d'aller jusqu'en première mais toute la semaine, elle attendait le samedi soir avec fébrilité pour sortir au bal ou simplement avec des camarades.

Elle rencontra son époux au bal des Arts et Métiers, lui mit le grappin dessus et ne le quitta plus.

Ce dernier, très amoureux, n'eut de cesse d'assouvir les désirs de sa femme concernant la réussite matérielle et se jeta à fonds perdu dans les affaires. Non seulement il n'était pas ingénieur, mais en plus, son entreprise se trouvait à Toulon. Double déception pour sa femme qui s'expatria à regret mais se jura d'être à l'avenir plus vigilante et plus exigeante.

Assez rapidement naquit Isabelle que Madame Dauvignac arborait fièrement. Cet enfant, elle l'avait voulu : elle avait beaucoup souffert durant la grossesse, restant alitée pendant trois mois, perfusée car elle vomissait sans arrêt, refusant de s'alimenter ; puis, le miracle de la naissance vint et ses angoisses furent un peu apaisées.

Elle s'investissait ardemment dans l'éducation de sa fille, se documentait dans les différentes revues spécialisées, consultait régulièrement le pédiatre et trouvait progressivement un sens à sa vie. Gérard la laissait faire ; la voyant s'épanouir au contact d'Isabelle, il n'intervenait que très rarement dans les décisions la concernant. Et puis, il lui devait ça ; la jeune fille avait mal supporté l'éloignement familial et le déménagement pour Toulon ; elle était très attachée à ses parents et à sa belle ville d'Aix-en-Provence. À Toulon, ne connaissant personne, elle déprimait un peu et seule Isabelle arrivait à lui rendre son sourire. Petit à petit, elle se familiarisa avec son nouveau mode d'existence, fréquenta diverses associations et se fit quelques amies à progéniture. Son nouveau statut d'épouse, de mère de famille et son confort matériel lui apportaient la sécurité et un certain bonheur.

À mesure qu'Isabelle grandissait, elle s'étonnait de la facilité de déroulement de sa croissance. À un mois, le bébé faisait ses nuits complètes, la dentition apparut sans heurt, la croissance staturopondérale suivait la courbe régulière ascendante, l'évolution psychomotrice se passa sans aucune crise. Simone était enviée par ses amies et cela la satisfaisait énormément. À trois ans et demi, Isabelle mit la première fois les pieds dans une école maternelle et dans un cours de danse. L'enfant était vraiment adorable et un sujet de fierté pour ses parents.

En grandissant cela se confirma et les enseignants ne tarirent pas d'éloge sur cette enfant douée à tel point que Mme Dauvignac dut changer quatre fois d'établissement scolaire pour aboutir à un établissement privé dans le quartier du Cap Brun : rien n'était assez bien pour sa fille prodige ! Simone faisait partie de l'association des parents d'élève et prenait sa tâche très au sérieux. Elle s'occupait aussi du catéchisme et de la bibliothèque du quartier de manière bénévole, car ne travaillant pas, elle commençait à s'ennuyer un peu tandis que sa fille passait ses journées à l'école puis à la danse. Il restait peu de place à Isabelle pour partager des activités avec sa mère. Cependant, le repas du soir était sacré, la famille était enfin réunie autour du dîner, préparé en général par un traiteur. Simone ressentait un profond dégoût pour certains aliments qu'elle ne pouvait ni cuisiner ni manger et fit d'ailleurs partager ses phobies à sa fille. Ce qui la nourrissait, c'étaient les compliments que l'on adressait à Isabelle, un nectar coulait alors dans ses vaisseaux et elle en rosissait de plaisir. Cette dernière avait un appétit d'oiseau et son corps frêle s'allongeait à vue d'œil, les traits de son visage étaient fins et typés, de longs cheveux châtains aux reflets dorés, de jolis yeux en amande et un regard vif et noir la caractérisaient... Le dîner était souvent délicieux, les conversations calmes, les relations des deux époux étaient paisibles, sans fantaisie mais chaleureuses tout de même. Gérard était un type solide, charpenté, équilibré et très fier de sa famille également. Il l'aurait souhaitée plus grande mais sa femme, si fragile, n'ayant pu assumer une deuxième grossesse, il s'était donc particulièrement attaché à sa fille unique. Son ambition principale était de développer son agence immobilière et son loisir la pratique de la plongée sous-marine, histoire de décompresser un peu ! Pour lui, le monde se définissait par les femmes et les hommes, les enfants étant l'affaire des premières, celle des hommes de subvenir au besoin de tous. Il semblait être heureux lui aussi ; tout était lisse, tout baignait... comme au petit matin, quand il prenait son bateau et qu'il allait pêcher... la paix, la sérénité...

La danse… Comment expliquer, comment faire partager ?... Depuis l'âge de trois ans et demi, je me rendais dans le temple du corps. Les parents accompagnateurs, les vestiaires vétustes aux odeurs de chaussettes sales ; la salle immense aux parquets boisés, les baies vitrées, les murs revêtus de miroirs et en face, la barre plus ou moins haute, compagne de notre apprentissage… Parfois, un piano décore la pièce et, quand il est fonctionnel, c'est un vrai bonheur pour la danseuse d'évoluer sur un son mélodieux. La résine étalée dans un coin pour éviter à nos chaussons de glisser. Entrer dans la salle après s'être parée : les cheveux tirés en chignon pour qu'aucun poil ne dépasse ; les collants, le tutu, les chaussons… on est prête. On s'échauffe, on s'étire : la jambe glisse le long de la barre… On effectue des pliés, des dégagés, des ronds de jambe, des développés, des battements, des écarts… des pirouettes, des déboulés, des équilibres, des arabesques, des attitudes, des jetés, des fouettés, des entrechats… des sauts… des exercices de pointes… des adages… On ressort fourbue, essoufflée, en nage… La musique classique scande nos mouvements bien réguliers, en mesure.

Cette activité, pratiquée pendant des années, crée une discipline pour la vie, une école de vie de par la rigueur qu'elle impose. Le décor est dépouillé, austère mais, dès que la musique s'entend, dès que les corps se meuvent, il y a de la magie dans l'air, de la grâce…

Le rituel a cependant un but, celui d'être vu : se montrer est devenu une seconde nature. Les spectacles de fin d'année sont le but de bien des écoles et les trois derniers mois sont consacrés uniquement aux préparatifs. L'effervescence qui règne aux derniers cours ou pendant les répétitions, puis dans les coulisses du théâtre est en crescendo. Le stress avant la représentation, les étirements de dernière minute, le maquillage savant et peu discret pour affronter les lumières blafardes, les costumes de scène un peu encombrants mais esthétiques pour le spectateur, le justaucorps qui craque à la dernière minute, toujours avoir sur soi quelques épingles à nourrice, des épingles à cheveux en quantité, un filet pour maintenir cette satanée coiffure qui se casse la gueule dès que l'on s'agite… et la peur du trou au sens propre et figuré : glisser sur le sol et s'étaler de tout son long et la perte de mémoire, l'oubli momentané de la variation… Voilà l'atmosphère électrique des prémisses. Mais quand le rideau s'ouvre, le spectacle commence… et la délivrance aussi. Les applaudissements nourris… En général, les parents sont un public chaleureux et compatissant. En cas de « raté », ils nous félicitent à la sortie et nous récompensent par leurs câlins affectueux.

Plus tard, dans les auditions et les concours, l'atmosphère est moins chaleureuse, l'esprit de compétition domine, l'angoisse aussi. Il faut faire plaisir à son professeur pour ne pas le décevoir car il s'est beaucoup investi en vous ; à ses parents également, ils vivent le même drame que vous ; eux aussi se sont investis… Le problème, c'est que seuls les meilleurs sont retenus et que les autres resteront sur la touche : des déçus, il y en aura forcément. Les reçus connaissent aussi un important dilemme : ils vont dorénavant tout sacrifier volontairement à cette passion dévorante, consacrer tout leur temps, toute leur énergie… pour recevoir enfin cette gratitude, ce besoin d'être aimé, ce besoin d'être reconnu. Là encore, la sélection est rude, l'entonnoir se referme : il faut être le meilleur.

La danse, ce qu'elle est en fait…

Un univers impitoyable, on pourrait la définir ainsi. Au plus haut niveau, quelques élus ont surmonté avec talent le parcours du combattant où l'exacerbation du moi a atteint son paroxysme. Le milieu de la danse connaît peu de motivations mercantiles, seule la passion l'anime et la reconnaissance de son art. Une atmosphère particulière le caractérise : le milieu féminin dans lequel il baigne avec ses avantages et ses inconvénients. Ici point de troisième mi-temps, pas de chanson paillarde, pas de dopage, pas de vulgarité mais beaucoup de mesquinerie, de jalousie, de convoitise. Il faut savoir se montrer, il faut savoir se vendre, peu importent les moyens pour parvenir à ses fins. L'ego est exploité pour éliminer la concurrence, puis il devra s'oublier pour devenir malléable à souhait selon la volonté du chorégraphe. Il n'est plus que l'instrument élu. La durée professionnelle d'un danseur de haut niveau est très courte, au-delà de trente-cinq ans, il faut penser à la reconversion : la chorégraphie, l'enseignement. Des querelles de petits chefs abondent pour les laissés pour compte. Les professeurs de danse nombreux défendent leurs pouvoirs à coups de griffes et font parfois endurer à leurs élèves les humiliations qu'ils ont eux-mêmes subies. Certains sont vraiment pédagogues et leur vocation est d'enseigner et leur désir de faire partager au plus grand nombre cette discipline harmonieuse. D'autres se sont rabattus sur le professorat car c'était leur seule alternative et se comportent comme de véritables tyrans au nom de l'art.

En France, le conservatisme domine, point de salut en dehors de la danse classique. Les arguments évoqués sont l'exclusivité de l'acquisition de la technique, aussi privilégie-t-on cette dernière au détriment de l'improvisation et de la sensualité. Quelques élèves doués réussiront à allier les trois mais, plus par leur compétence propre, que par l'enseignement octroyé. Beaucoup d'enfants se dégoûteront avant même d'avoir commencé, d'autres seront aussi éliminés car ils n'ont pas le physique adéquat, à savoir la maigreur. La danse va développer beaucoup plus la mémoire visuelle que la mémoire auditive au début. Il faut rapidement intégrer le mouvement montré, le reproduire à force de concentration et, à ce niveau-là, la musique est secondaire. Ensuite, il faudra transcender ce mouvement sur le son. Heureusement, il existe certaines exceptions à ce carcan rigide mais elles ne sont pas légion. Au nom de la technique, on tue la spontanéité, on se gausse d'elle ;

les gamines qui remuent leurs fesses sur de la variété ne feront jamais partie de l'olympe ; les professeurs vivent par procuration leurs ambitions personnelles déçues et souvent, les parents réitèrent ce dommage. Au total, des personnes aigries, des élèves trahis se reportent sur d'autres activités plus valorisantes avec un sentiment d'amertume et une sensation de mauvaise compréhension. Les enfants du Brésil ou d'Afrique ne subiront pas de telles contraintes. Ils s'exprimeront sans gêne et sans tabou et la beauté, la sensualité de leur gestuelle sont là pour nous rappeler l'essence même du mouvement et de la grâce. En France, nous devrions méditer d'avantage et accepter de nous remettre en question, point de vérité absolue au nom de l'ancienneté, au nom de la pureté : le métissage des genres devrait nous enrichir.

Pour faire plaisir à mon père, je suis sortie… J'ai téléphoné à une copine de classe, Marie-Jo, qui avait été particulièrement compatissante lors de mon accident et je lui ai dit que j'avais besoin de m'évader, de voir des gens de mon âge, que je ne supportais plus mes parents. On s'est donné rendez-vous dans un bar du centre ville, puis on a fait les boutiques. Elle m'a proposé alors d'aller à une fête le samedi suivant : j'ai dit oui.

J'étais un peu angoissée le fameux samedi. Comment m'habiller ? (je ne rentrais plus dans rien !), comment me maquiller ?... Mon père était ravi de me voir invitée, il m'a même proposé de m'accompagner, ce que je refusai. Je demandais à Marie-Jo si je pouvais dormir chez elle après la boom, « no problem » me répondit-elle.

Musique à fond la caisse : disco, hard-rock, ska, variétés. Je me suis mise à danser pour la première fois depuis l'accident. Au départ timidement puis, finalement, alcool aidant, une espèce de transe s'empare de moi ; mon corps libéré semble renaître, un flux d'énergie bouillonne de mon bas-ventre à mon plexus solaire, une onde sinusoïdale berce mon corps et… tel un dauphin, je sillonne l'immensité profonde et m'évade vers des confins étoilés…

Puis les slows s'enchaînent… moment de malaise… Je me sens trop moche ! Personne ne va m'inviter ! Je me retire avant de subir l'affront insupportable et je traîne dans la maison via les toilettes. En passant devant une chambre, je vois un groupe de jeunes très affairés et, au milieu, ma copine qui m'invite à entrer. J'observe une étrange cérémonie : on fait passer quelque chose, on me propose un truc artisanal à fumer… Mon premier joint en fait !... Je tousse, je rougis, j'ai honte… Je n'ai jamais fumé de ma vie… ni tabac, ni haschich… Le joint tourne, les copains sont euphoriques, détendus, cool… Je me sens bien dans cette ambiance ! Un moment plus tard, mon voisin de gauche me caresse les cheveux, puis le visage et m'embrasse. Sa langue cherche à pénétrer dans ma bouche, je me laisse faire, je suis passive… puis j'essaie de lui rendre son baiser, histoire qu'il ne sache pas que c'est la première fois ! Beaucoup de gens flirtent dans la maison, nous voudrions que la nuit ne s'achève jamais !

Le lendemain, réveil plutôt dur : haleine chargée, courbatures ; je vois s'avancer un garçon de mon âge, que je ne connais pas et qui se montre familier avec moi… Il me dit s'appeler Christian et souhaiterait me revoir samedi prochain à une autre soirée.

J'ai passé plusieurs mois avec cette bande, des ados issus pour la plupart des milieux bourgeois toulonnais habitant dans les quartiers résidentiels du Mourillon, du Cap Brun, ou les somptueuses demeures du Mont Faron. Certains parents, officiers de marine, avocats ou médecins, nous prêtaient, pour le week-end, leurs propriétés et nous en profitions bien. En semaine, nous nous retrouvions dans un bar boulevard de la Liberté. Nous buvions des bières et jouions aux cartes puis, le samedi soir, le rituel de la boom nous attendait. Certains avaient leur permis et la voiture offerte pour leurs dix-huit ans ; ils véhiculaient ainsi les moins chanceux ou les plus jeunes. J'étais satisfaite de m'être intégrée aussi facilement à un groupe d'amis et j'attendais le samedi soir avec impatience : la délivrance, l'oubli.

Un jour que j'expliquais à Christian mes insomnies, mes peurs, il me dit avoir la solution à mes problèmes. Il me donna alors une barrette de shit et m'apprit comment rouler un joint. Il m'en prescrivit un à prendre chaque soir au coucher, me dit que cela me relaxerait, me ferait dormir comme un bébé : c'est ce qu'il faisait lui-même depuis plus d'un an. Et c'est ainsi que très consciencieusement, j'ai appliqué ses consignes à la lettre, veillant chaque jour à l'approvisionnement du stock pour le lendemain. Enfermée dans ma chambre, affalée sur le lit en écoutant Eagles, les Stones, les Doors ou Supertramp, je m'évadais de la réalité, j'étais bien.

Après le dîner, il me tardait de retrouver mon havre de paix. Je consignais dans mon journal intime les émotions éprouvées, je lisais des poèmes, en écrivais quelques-uns que je déchirais aussitôt car trop nuls : comment rivaliser avec un Baudelaire ou un Rimbaud ! Ce jour-là, je m'essayais à une lettre d'amour, pas trop mièvre, pour Christian, lorsque ma mère surgit sans crier gare dans ma chambre. Scandale... Hystérie... Dans ma chambre enfumée, je n'entendais que les hurlements de ma mère, ne voyait que l'agitation de mon père qui s'était rameuté, ouvrait grand les fenêtres et jetait toute ma provision d'herbe... Et à la leçon de morale, j'ai eu droit... J'étais moins que rien... Qu'avaient-ils fait pour mériter ça ? J'ai répondu à mon père du tac au tac, après tout, c'était lui qui m'avait dit de sortir !

Ce soir-là, une gifle mémorable s'abattit sur ma joue droite. Je crus qu'il m'avait défoncé la mâchoire et dieu sait que je n'avais pas besoin d'un handicap supplémentaire !... Je me retranchai dans le plus grand mutisme et décidai de faire la grève de la faim (ce qui ne pouvait pas me faire de mal après tout !). Au petit matin, après une nuit d'insomnie et de mûre réflexion, je voulus frapper un grand coup : j'allais fuguer, après tout, j'étais majeure, mes parents ne pouvaient rien contre moi ! Je discutai avec ma copine Marie-Jo qui me dit connaître des gens dans le Haut-Var, à Salernes, un couple de babas cool qui recueillait les jeunes en difficulté, sans poser de questions, seulement pour les dépanner. Marie-Jo et moi sommes parties pour une grande expédition en stop dans le Haut-Var. Je n'ai plus revu Christian. Notre voyage fut assez épique mais nous parvînmes à destination. En arrivant, culpabilisée sans doute, je téléphonai à mes parents... il n'y avait personne à la maison. Les gens qui nous reçoivent, habitent dans une ferme désaffectée, réaménagée, au confort rustique. Ils sont moitié éleveurs, moitié artisans. Joël et Véronique ont la quarantaine « sympa » et sont l'antithèse de mes parents ! Ici, je découvre d'autres relations humaines, plus chaleureuses, plus sincères… Les gens vont, viennent, se croisent… il y a toujours du monde autour de la table, c'est convivial, chacun participe… Marie-Jo est repartie deux jours après. Je téléphonai à mes parents, à mon père plutôt (ma mère étant hospitalisée dans une clinique psychiatrique) et le rassurai, même si je sentais son profond mécontentement, en lui disant que je me refaisais une santé à Salernes.

Le matin, nous allions faire les marchés, vendre du fromage frais, des confitures, du miel, des herbes aromatiques, du pain ; l'après-midi repos général et le soir, nous aidions Joël à s'occuper des bêtes : quelques poules, un coq, des lapins, deux chèvres, un âne, des chiens, des chats… Ils sont plutôt écolos et traitent bien les animaux. Le décor m'enchante ; l'harmonie avec la nature m'apporte la paix intérieure.

Un matin, je me réveille et stupeur ! mon slip est tâché. Dans la journée, l'hémorragie empire. J'ai mal dans le bas-ventre et ne veux pas sortir des toilettes que je squatte depuis plus d'une heure… Je panique un peu ; malgré mes dix-huit ans, je suis relativement mal informée et il me faut toute la douceur de Véronique pour me persuader que je suis normale et me rassurer un minimum. Elle me dit que maintenant j'étais une vraie femme, elle ne m'a pas dit que j'étais attardée ! J'ai mal au ventre et dans les reins mais, finalement, je suis heureuse d'être comme les autres. J'aimerais le crier sous les toits !

Un soir que nous faisions tourner le joint, comme tous les soirs d'ailleurs, un nouveau venu, Éric nous propose d'essayer un truc inédit, de l'héroïne, de la poudre blanche, pure, une vraie merveille d'après lui et, devant nous, il se fait un garrot au bras gauche et une injection de sa main droite dans le pli de son coude gauche avec une dextérité étonnante… Alors là, j'ai la nausée. Brutalement j'ai envie de gerber, moi qui m'évanouis à la vue d'une piqûre… je ne supporte pas le spectacle. Véro vient à mon secours. Elle me dit que je ne suis pas obligée d'essayer si je n'ai pas envie ou bien que je peux la sniffer si je veux goûter. Renifler la poudre !... Je la regarde avec des yeux ronds, j'ai dû rater un acte, à mon insu… J'ai le tord-boyaux, cette ambiance malsaine m'oppresse… Je sens que je vais faire une crise de spasmophilie… Personne, à part Véro, ne sent mon mal-être. Ils sont tous plongés dans leur trip. Elle me dit de me calmer, de respirer doucement… Je cours m'enfermer dans une chambre et pleure à chaudes larmes… comme jamais encore !

Je faisais des crises de spasmo… Spasmophilie ou tétanie si vous préférez ! Disons que j'étais un peu clostro, je ne supportais pas la foule, la chaleur qu'elle dégage, les grandes surfaces et leurs néons qui vous surplombent, les lieux fermés d'où on ne peut s'échapper : l'impression d'être strangulée, la panique ! D'un seul coup, je me mettais à trembler, à avoir des soubresauts dans tout le corps, à être oppressée, en sueur, la bouche de travers, les doigts engourdis, avec une sensation de malaise… comme si j'allais mourir ! Au début, cela avait inquiété mes parents. Ils pensaient que c'était une séquelle de l'accident puis, à chaque fois, le médecin de garde venait, m'administrait une injection de magnésium ou de calcibronat… Cela passait… puis revenait… Jusqu'au jour où, un nouveau médecin, une jeune femme sympathique, prit le temps de nous expliquer cette réaction phénoménale. Elle nous dit que c'était en fait une crise d'angoisse qui s'exprimait par le corps ou plutôt une manifestation somatique de mon psychisme ; que je devais dédramatiser au lieu de paniquer, ce qui engendrait un cercle vicieux. Je devais me calmer et cela passait d'abord par la prise de conscience de ma respiration. Elle me montra comment pratiquer la respiration abdominale et sa voix douce m'apaisa assez rapidement. Elle me conseilla de pratiquer par la suite des techniques de relaxation type yoga voire la sophrologie. Elle partit sans m'avoir fait de piqûre mais ses conseils me servirent tout le long de mon existence : apprendre à maîtriser mes angoisses, ce ne fut pas chose aisée au début, mais la prise de conscience était enclenchée.

Mon père était assez agréablement impressionné par la consultation, ma mère sérieusement sceptique. Elle me dit avoir souvent fait des crises et sa mère également, et pensait que c'était génétique. Moi, j'étais d'accord pour m'engager sur la voie... de la connaissance, et prête à tout... pour que ces maudites crises soient jugulées !

Je m'inscrivis donc pour ma première leçon dans un centre de yoga et de méditation. Il fallait que je m'en sorte, d'autant plus que je n'utilisais plus de cannabis pour me déstresser ! J'étais morte de rire à entendre déblatérer l'enseignant avec son ton monocorde, saccadé, et je n'arrivais pas du tout à me concentrer ni à relâcher mes tensions musculaires comme il le demandait. Par contre, au niveau des postures, je réalisais sans problème les acrobaties, malgré mes séquelles de l'accident. Finalement, semaine après semaine, je pris goût à cette nouvelle activité. Elle s'avéra bénéfique : j'arrivais enfin à me concentrer sur ma respiration, à me détendre, à faire le vide en moi. La voix du professeur s'imprima à jamais dans ma mémoire et l'entendre me met dans un état proche de l'hypnose, entre la veille et le sommeil, entre le conscient et l'inconscient.

Chaque soir, je pratiquais la relaxation et, sans un joint, je trouvais la bénédiction du sommeil. Mon psychothérapeute que je voyais très épisodiquement, m'engagea à poursuivre cette technique. Ma mère tentait de reprendre le dialogue avec moi. Elle traînait sa culpabilité comme un boulet et voulut accélérer ma guérison. Elle me proposa de me rendre avec elle dans un centre soi-disant médico-psychologique. En fait, il s'agissait d'une association nommée « R.A.P.E » qui s'intéressait aux troubles existentiels et tentait d'apporter un soutien aux personnes désorientées. Le jour de mon rendez-vous, j'y allai seule et fus reçue par plusieurs personnes souriantes, plus ou moins déguisées en uniforme mauve avec, pour les femmes, des voiles du même ton, dans un décor style new-age. Il ne manquait que la musique psychédélique pour parfaire l'atmosphère. Sur les murs, on pouvait lire la devise de la maison : « Respire, Aspire, Progresse, Élève ton âme au-dessus des montagnes et ton corps suivra ». Une jeune femme, à la voix très douce et au regard bienveillant, m'interrogea sur mes motivations, sur mon histoire, sans me juger… personne ne me parla de mon poids, ni eut un regard condescendant. Je ressentais dans ces lieux, après la surprise initiale, une sérénité, un bien-être. L'entretien se termina par un rituel, la cérémonie du thé, une boisson très aromatique, non sucrée et très chaude qui m'était offerte en guise de bienvenue. Je quittai ces lieux avec une sensation de « chaud au cœur », avec de l'espérance pour le futur…

Mes parents ont progressivement appris à faire le deuil de leurs projets me concernant : la danse, la scolarité, le bac, les études supérieures. Ils ont compris et finalement respecté le fait que je ne voulais plus. J'étais majeure et, de toute façon, ils ne pouvaient plus m'imposer leurs volontés. Mais ma mère restait dépressive. Quant à mon père, la seule chose qui lui importait, était que je ne fasse pas trop de conneries. Nous nous adaptâmes à notre nouveau trio ; cette cohabitation de trois individus, ne ressemblait plus du tout à une famille !

Totalement disponible, je me suis de plus en plus investie dans l'association. Je continuais les séances de yoga que dispensait le centre. Nous y apprenions à positiver, à substituer les pensées noires, les échecs à une autosuggestion optimiste, à la réussite. Après avoir dédramatisé nos conduites passées, nous devions nous déconditionner et engranger de nouvelles associations d'idées, créer des réflexes conditionnés inédits. Nous nous concentrions alors sur des images mentales dans un état de totale relaxation : des lieux paisibles et riches en souvenirs heureux, des odeurs, des couleurs, des saveurs, des sensations tactiles agréables… et la magie avait lieu, cela marchait effectivement, nous dominions notre psychisme, toutes les perspectives s'ouvraient alors devant nous : un monde nouveau, une autre dimension se laissaient entrevoir…

Par ailleurs, je m'occupais bénévolement de la bibliothèque, du courrier, de la publicité à distribuer. J'avais trouvé une seconde famille qui s'intéressait à mon sort, qui m'ouvrait un espace éducatif différent. Le temps passé au centre représentait une parenthèse divertissante à l'oppressant quotidien de notre maison et à la perte de mes repères. Plus tard, on m'envoya porter la bonne parole dans des réunions où je racontais comment j'avais trouvé un sens à ma vie grâce à l'association, comment j'avais pu vaincre mes fameuses crises de spasmophilie… Puis, dans la rue, je distribuais des tracts, je haranguais le passant, essayais de leur vendre notre revue ou des livres sur la méditation, sur l'avenir prochain ou sur l'écologie… écrits par « le Maître » : Jacques Mérieux.

Insensiblement, je me sentais mieux et cela se voyait physiquement : je me transformais. Je retrouvais les sensations de mon corps meurtri ; de nouveau, il vibrait, il s'exprimait et j'en vins à me détacher de l'obsession de ces deux dernières années : à savoir la bouffe. Je perdis quatre à cinq kilos par mois sans effort. Mes parents étaient contents : ils me voyaient rentrer dans le droit chemin ; mon thérapeute m'observait avec un certain scepticisme. Mais, de toute façon, je ne supportais plus la contradiction, sinon j'aurais rompu le fil ténu de la communication : c'était à prendre ou à laisser ! Esthétiquement, je me métamorphosais, je devenais presque jolie, je me maquillais légèrement, m'habillais différemment de couleurs lumineuses d'autant plus que je m'affinais. J'allais avoir vingt ans et avais envie de plaire.

Je tombais amoureuse pour la première fois de ma vie - tout arrivait en même temps - d'un homme qui aurait pu être mon père : Jacques Mérieux avait quarante-deux ans, une chevelure soyeuse poivre et sel, des yeux bleus délavés et de petites rides sous les yeux bien touchantes ! Par sa charismatique personnalité, il nous envoûtait et pouvait nous parler pendant des heures de philosophie, du sens de la vie ou de l'écosystème de la planète ; son regard et son sourire semblaient s'adresser à chacun d'entre nous, ses conférences connaissaient un vif succès et pas seulement au sein de notre association.

Sa présence me révélait ma féminité et j'éprouvais à sa proximité des sensations inconnues jusqu'alors. Je n'ai jamais réellement su sa profession ni son statut, ma seule certitude était que je voulais le séduire. Un soir, après un débat sur le droit au bonheur et les moyens pour y accéder, la salle bondée applaudit à tout rompre, son discours. Jacques remercia de sa voix envoûtante, salua et s'esquiva vers les coulisses où je le félicitai, puis notre groupe s'échappa pour dîner dans un bon restaurant, le maître l'avait bien mérité après sa magnifique prestation ! Ce soir était aussi ma soirée, notre soirée avec Jacques. Bien qu'inexpérimentée au jeu de l'amour, je perçus quelques œillades bien appuyées et des attentions personnelles qui laissaient présager une suite prometteuse et, enhardie par le vin qui coulait à flots, je décidai d'aller me refaire une beauté dans les toilettes prétextant un besoin pressant.

Et tandis que face au miroir, je m'escrimais à tenter de camoufler un gros bouton sur ma joue, surgit dans les toilettes pour dames, le sieur Jacques qui d'une envolée lyrique me cala dans ses bras, me plaqua contre le mur et m'embrassa fougueusement. Prise entre deux feux, l'envie de céder à ses avances et la honte si quelqu'un entrant dans les toilettes nous surprenait, je sombrai dans la passivité la plus totale. Il palpa toute mon anatomie, me disant que j'étais belle et qu'il me désirait. Je sentis ses doigts explorer mon sexe et, rapidement, je me retrouvai la jupe et la culotte en bas des chevilles… Puis sans crier gare il me pénétra énergiquement et douloureusement… Son visage était rouge, ses traits déformés, son souffle rauque. Il me pinçait les seins, basculait son bassin violemment d'arrière en avant et s'excita ainsi pendant au moins dix minutes… Décontenancé d'abord, il ne devait pas savoir que c'était la première fois, il reprit très rapidement de sa superbe. Jacques parut soulagé, heureux, m'embrassa de nouveau amicalement, se reboutonna, alla se laver les mains et, face à la glace, jeta nonchalamment la main dans les cheveux pour se recoiffer… puis il me gratifia d'un clin d'œil complice, me dit « à tout à l'heure » et sortit, princier, son besoin assouvi.

Je restai figée un moment, toujours debout, honteuse, souillée, un liquide visqueux dégoulinant sur mes cuisses. Avais-je rêvé ? Tout cela s'était passé si vite ! Avais-je été violée ? Non, j'étais consentante… même si les préliminaires avaient été plutôt brefs !... Puis, secouant ma torpeur, je retournai devant la glace me refaire une beauté, en tentant d'effacer, cette fois-ci, les vestiges de l'acte précédent.

Je ressortis la tête haute, sourde aux quolibets de tout genre, style « les toilettes étaient bouchées » ou « tu devrais manger ça, c'est froid maintenant mais c'est bon pour la constipation »... Des sentiments ambigus m'habitaient, je rougissais de l'humiliation et, en même temps, j'étais fière d'être femme, d'être arrivée à mes fins, avoir séduit le maître.

Quelle ne fut pas ma désillusion ultérieure ! D'abord il ne proposa même pas de me raccompagner à mon domicile. Je dus demander à Viviane, une autre stagiaire. Ensuite, j'appris qu'il repartait pour Paris le lendemain. Je vécus dans l'angoisse les trente-cinq jours qui suivirent. Nous sommes en mille neuf cent quatre-vingt. On ne parlait pas encore du sida mais la peur d'être enceinte restait ancestrale. J'attendis mes règles avec frénésie. J'eus d'abord une fausse alerte. La fameuse nuit en question, je tachai mon slip et perdis quelques gouttes de sang, mais comme je l'ai lu par la suite, il s'agissait en fait de mon dépucelage... Est-ce cela l'amour ? Est-ce cela faire l'amour ?... Suis-je normalement constituée ? Suis-je normale ? Qui peut me répondre ?

Pendant un mois, j'ai dévoré les livres spécialisés, appris théoriquement les différentes positions du coït, le Kâma-sûtra, l'anatomie génitale et le vocabulaire adéquat mais tout cela ne me rassurait en rien sur mes sentiments. Je discutai avec Rosy et deux autres filles de l'association. Complices, elles m'avouèrent que Jacques était un Don Juan et que peu de filles lui avaient résisté. Il les aimait jeunes et groupies. Il était servi. Après la déception initiale, j'évaluai qu'en somme, cela serait une expérience enrichissante pour moi et que subir ne serait plus ma fatalité.

Au retour de Jacques, je m'offris et nous vécûmes une liaison intéressante au niveau sexuel pendant plus d'un an. Il m'enseigna physiquement la théorie livresque, en échange, point de jalousie, j'avais appris à partager, point de sentimentalisme, j'avais définitivement congelé mon cœur ! Personne n'est la propriété de personne, c'est ça la liberté ; je m'étais suffisamment révoltée contre ma mère pour en faire ma devise. Cette dernière continuait la tournée des cliniques psychiatriques, des cures de sommeil et se shootait aux anxiolytiques, antidépresseurs, hypnotiques et j'en passe… Surtout, ne pas ressembler à ma mère, quoi qu'il advienne…

Je passais de plus en plus de temps au centre de méditation pour ne pas rester oisive : j'appris la comptabilité, la maniabilité d'un ordinateur, le démarchage auprès des gens et effectuai ces tâches avec beaucoup d'enthousiasme et sans rémunération. Puis, les dirigeants de l'association me firent comprendre que mon statut de stagiaire était révolu et qu'à l'avenir, si j'avais de l'ambition pour devenir cadre, puis grimper dans la hiérarchie, il fallait que je m'investisse d'avantage et participe financièrement à l'extension de l'entreprise. Je n'avais que très peu d'argent personnel, étais totalement dépendante de mes parents hormis une petite rente consécutive à mon accident placée à la Caisse d'Épargne. Je dus mentir à mon père pour lui quémander de l'argent de poche supplémentaire, toujours plus, de semaine en semaine, pour aboutir à une somme de trois mille francs par mois : achat de livres, d'habits…

J'étais désolée de ne pouvoir donner plus à l'élaboration du projet et tentais vainement de chercher des sponsors. Je vendis alors quelques bijoux de famille, des objets de valeur de décoration (mon père ne s'en apercevait même pas) et volai quelques billets dans le porte-monnaie de mes parents. Mais ce n'était jamais suffisant ! L'association voulait toujours plus. Je commençai à ressentir une certaine lassitude, une certaine ambiguïté, les événements prenaient une tournure qui me déplaisait et ma vigilance fut exacerbée lorsque je vis Jacques se lier à une nouvelle stagiaire. Je décidai alors de partir du centre et de ne plus y remettre les pieds. Ne sachant plus vers qui me tourner pour exprimer mes doutes, je retrouvai, pour une fois avec plaisir, mon cher docteur, toujours le sourire aux lèvres.

- Comment vas-tu Isabelle en ce moment ?

- Pas très fort…

- C'est-à-dire ?

- Je pensais avoir remonté la pente, mais je m'aperçois que c'est superficiel…

- Ton apparence s'est modifiée ces derniers temps, tu es soucieuse de ton aspect ?

- Oui, je me sentais belle pour la première fois de ma vie mais je me sens laide à présent.

- Tu es plus féminine, plus femme !

- Oui, je suis une vraie femme, j'ai eu mon premier rapport sexuel il y a un an ! Je peux donc dire que je suis normale.

- Pourquoi ?

- Je suis comme toutes les filles : j'ai mes règles, je baise.

- Es-tu amoureuse ?

- Je l'étais, mais c'est sans espoir ce n'est pas réciproque.

J'aime quelqu'un qui aime tout le monde, les jeunes filles surtout.

- Raconte-moi.

Mon psy m'a laissé entendre que je m'étais fait embrigader par une sorte de secte et que j'avais bien fait de lui en parler, ça m'aiderait à prendre conscience des faits... Toujours verbaliser ses actes : mettre des mots sur les choses... le concept du langage propre à l'être humain... Il m'a dit que les sectes étaient un piège pour personnes fragiles, vulnérables et seules; pour les adolescents qui devaient construire leur personnalité, que l'on exploitait leur crédulité à des fins mercantiles, que c'était du charlatanisme ! Il fallait qu'à l'avenir, je sois vigilante, que j'observe un esprit plus critique. Cependant, il m'invitait à un travail introspectif, tirer la leçon de cette expérience, toute expérience, positive ou négative, pouvait être riche d'enseignement.

- Je ne dois plus faire confiance à personne, alors ?

- Non, mais réfléchis toujours à la conséquence de tes actes, cela t'aidera à grandir, à devenir autonome.

Cette vision pessimiste du docteur eut le don de me déprimer. Je sortis de chez lui avec l'envie de tout casser. Allais-je de nouveau sombrer? Non, je ne me laisserais pas aller à cette tendance… Je flânai dans la rue et me décidai à entrer dans une grande surface, pour m'étourdir de monde et de bruit… Je fus abordée par une dame qui se disait cartomancienne et qui tenait un stand dans la galerie : c'était la semaine de la voyance. Dans le brouillard où j'étais, je n'eus pas la force de refuser et pourquoi pas faire la nique au psy ! Il m'agaçait avec son ton péremptoire du monsieur qui sait tout, ne lui arrivait-il pas de faire des erreurs comme tout le monde; qui était-il pour me juger? Comment pouvait-il connaître et mesurer ma souffrance?... J'étais fébrile, guettant la moindre expression de la voyante… Elle me dit qu'un homme m'aimait, il était scorpion (astrologiquement parlant) et beaucoup plus âgé que moi, il était fait pour moi… mais qu'une personne malveillante nous empêcherait de mener à bien nos desseins. Cette personne nous avait jeté un sort et il fallait contrer ce sort pour que s'épanouisse notre amour!... Jacques peut-être… Ma mère, la personne qui nous veut du mal?... Le psy?... J'étais très pensive quand elle me ramena vite à la réalité en me taxant deux cents francs pour quinze minutes de consultation. Elle me laissa en prime sa carte de visite, si je voulais contrer le sort, il me fallait la revoir. Je sortis encore plus chamboulée. J'avais envie de pleurer, décidément ce n'était pas mon jour… mais à qui raconter?

Le centre de méditation tenta de me recontacter plusieurs fois sans succès. J'évoquai des problèmes de santé pour éluder la question. Après plusieurs nuits cauchemardesques, je décidai de me rendre chez la gitane. Elle résidait au cours Lafayette, grande avenue qui fait communiquer le port et le centre ville, à l'ethnie cosmopolite, riche en couleurs et en odeurs. Je humais les étals appétissants du marché, écoutais l'accent méridional si chantant des forains, palpais les fruits, les tissus, me faisait accoster par des noirs africains essayant de me fourguer une montre ou un bracelet brésilien… Bref, je n'étais plus si pressée de me rendre à l'adresse indiquée : j'avais peur… Nonobstant ma détresse, je parvins devant l'entrée sordide d'un immeuble vétuste et, d'un pas ferme, montai les deux étages à l'escalier branlant. L'odeur d'encens me saisit avant même d'appuyer sur la sonnette. J'entrai dans un hall enfumé puis dans une salle d'attente. La voyante étant en consultation, je restai debout, mal à l'aise, lorsque mon regard se posa sur des offrandes de petits animaux qui brûlaient dans l'âtre d'une cheminée, pour conjurer le sort sans doute ! Immédiatement, l'image de Noureïev (mon chat) subissant le même châtiment, s'imposa à moi. J'eus envie de vomir, je pris mes jambes à mon cou et partis sans sommation.

Finalement, le psy a peut-être raison, je suis trop crédule ! À l'avenir, je garderai mon esprit critique…

Pendant longtemps mon aversion pour la danse a été profonde. J'avais refoulé tout mon passé trop douloureux… La danse était mon Dieu ou Dieu était la danse… Puis le trou noir… la perte des repères, la perte de la foi… Cependant ce corps si malmené jusqu'à présent, je ne pouvais le laisser dépérir, il était partie intégrante de moi, de ma personnalité, il ne pouvait y avoir dissociation entre corps et esprit. Depuis mon plus jeune âge, mon éducation a préconisé la recherche de l'harmonie entre les deux, de leur fusion, puisque mouvoir mon corps était mon mode d'expression le plus épanouissant. Après l'accident, ce corps puni, blessé dans sa chair a provoqué par réaction une dépression mentale mais, paradoxalement, c'est à cet instant que j'ai commencé à vivre, à me construire. Je n'ai plus essayé de le dompter, de le museler dans un carcan rigide ; libéré, il s'est rebellé de manière anarchique, je l'ai laissé tel un animal sauvage vivre pour lui et la nature a repris ses droits : c'était rédempteur… Maintenant j'ai de nouveau envie de l'apprivoiser mais de manière douce, être à son écoute… Nous avons assez souffert ! Je veux reprendre en main les rênes de ma vie ; malmenée jusqu'alors je n'ai plus de haine (ou du moins j'essaie). Je tenterai de canaliser ma violence en une énergie positive et je ne rendrai pas les autres responsables de mon propre malheur. Ma crise pubertaire s'est faite dans l'urgence mais je suis plus sereine à présent. Il faut que j'envisage l'avenir et que je m'adapte à ma nouvelle vie : j'ai droit au bonheur !

Un matin ensoleillé, assise à une terrasse de café du centre ville, devant un grand crème et des croissants, j'eus une révélation. J'allais me consacrer à la souffrance d'autrui, au bien-être des autres. Me sentir utile... je m'étais suffisamment regardé le nombril ! L'enfance et les enfants m'ont toujours intéressée, je devais chercher dans cette voie, j'ai vingt et un ans et toute la vie devant moi !

Après maintes pérégrinations, j'optai pour un CAP petite enfance, formation rapide qui ne nécessite pas d'avoir le bac. Je suivis les cours à l'école, eus un peu de travail personnel à la maison et trouvai un job de caissière à Mc Donald, boulevard de la Liberté. Pas de quoi me prendre un studio, je n'en avais pas encore les moyens, je dépendais toujours de mes parents, mais cette idée me trottait dans la tête et m'encourageait à poursuivre. Mon CAP en poche, j'obtins un emploi à mi-temps dans une crèche municipale où l'on renouvela mon contrat à durée déterminé. Je m'étais beaucoup investie et mon professionnalisme était reconnu. J'avais le vent en poupe. Quelques ambitions me taraudaient, l'organisation de la crèche interpellait en moi des idées innovatrices et je désirais passer mon bac en candidat libre. Après deux ans d'avance, je me retrouvais avec trois ans de retard mais cela ne m'attristait pas trop : j'avais un but. J'étudiai mes cours par correspondance avec acharnement et obtins un bac G « mention bien », brève consolation de ne pas avoir présenté mon orientation initiale : C. Mon père jubilait de bonheur, il connaissait parallèlement un essor dans son entreprise, ses agences se multipliaient et une liaison extra-conjugale l'épanouissait (je ne l'ai appris que plus tard). Je pris de l'assurance et j'éprouvai moi aussi une certaine plénitude ; étais-je enfin à l'unisson de mes désirs profonds ? Mais quels étaient-ils ?...

Avec une nouvelle copine Nadine, nous avions décidé, pour augmenter nos revenus, de faire le marché aux puces le week-end en revendant des objets que nous retapions et des vieilles frusques glanées dans les armoires de notre entou-rage. Au petit matin, nous nous levions pour réserver un emplacement intéressant (les places sont chères et nécessitent une autorisation préalable) mais le temps passé s'avérait toujours très lucratif. L'idée du troc commençait à m'inspirer et j'eus envie de la pérenniser à travers un commerce. Je parlai de ce projet à mon père : ouvrir une boutique qui procèderait à l'échange de vêtements, à l'achat et la vente à des prix défiant toute concurrence de tout ce qui concernait les nourrissons et les enfants. Il s'enthousiasma aussitôt de mon sens des affaires, me conseilla sur les nombreuses démarches à entreprendre et me proposa même les services de sa secrétaire (et maîtresse) Jacqueline. Ma mère aussi m'offrit son aide que je déclinai poliment mais catégoriquement. En attendant la réalisation de ce projet, je m'inscrivis en première année de formation « d'éducateur spécialisé petite enfance », après avoir réussi le concours d'entrée ; mon contrat avec la crèche n'étant pas renouvelé pour restriction budgétaire. Les cours de psychologie enseignés me passionnaient, notamment tout ce qui concernait la symbolique de la petite enfance et l'étude de nos comportements, les différents courants de pensée. Le cursus s'étalait sur deux ans et je m'y attelais avec avidité… mais, malgré l'obtention de mon diplôme, je me rendis compte que les débouchés n'étaient pas à la hauteur de mes ambitions sauf pour des études plus longues… or j'étais pressée, j'avais suffisamment perdu de temps et il me restait beaucoup de choses à prouver.

J'eus connaissance d'un nouveau diplôme intéressant et concret, s'étalant sur deux ans, celui de directrice de crèche et je décidai de m'inscrire à la faculté d'Aix-en-Provence après l'été. Durant les mois de juillet et août, je prospectai à la recherche d'un magasin et décidai d'associer au projet ma nouvelle amie Nadine que j'avais connue à la crèche municipale en tant qu'auxiliaire - puéricultrice. Je l'encourageai à poursuivre ses études afin d'accéder au diplôme de puéricultrice. En décembre, nous trouvâmes le local idéal et commençâmes à faire les aménagements indispensables, tout en poursuivant parallèlement nos études. Mon programme était éclectique et intéressant, de la gestion d'une entreprise,à la direction d'employés, de l'équipe d'encadrement à la psychologie des enfants et ses principes éducatifs, l'apprentissage de l'aspect sanitaire par l'éducation et le respect de la vie en collectivité, des différentes activités ludiques pour améliorer l'expressivité des enfants, apprendre à impliquer les parents et être très diplomates et compétents. Mais tout cela ne s'apprend pas vraiment de manière théorique ! L'ouverture de la boutique eut lieu en septembre l'année suivante. Le démarrage s'avéra lent, ce qui nous permit d'étudier et de tenir le magasin en alternance, puis, les vacances d'été arrivant (et sur les pressions de mon père qui était caution de l'entreprise), nous décidâmes de nous investir à fond dans cette activité : publicité, racolage… Finalement, nos efforts furent récompensés : les jeunes mamans étaient ravies de pouvoir acquérir et échanger du matériel de puériculture, de la layette et du linge pour bébés, pour des sommes modiques ; les invendus étant donnés à une œuvre caritative. Les affaires allaient au mieux et j'entamai ma dernière année d'étude (la gestion et la comptabilité n'avaient plus de secret pour moi !) tandis que Nadine finissait ses études d'infirmière.

Le bouche à oreille marcha bien et dans l'année qui suivit, la boutique prit un essor qui nous stupéfia, nous dûmes songer à agrandir le magasin en louant le local voisin. Je laissais les démarches administratives (URSSAF, Chambre de Commerce) à Jacqueline qui se décarcassait pour me plaire. Peut-être s'imaginait-elle se substituer à ma mère ? L'avenir se profilait de manière optimiste. J'avais le désir d'ouvrir une crèche parentale ce qui était encore rare à l'époque. Je scrutais les horizons, je ne la voulais pas loin de la boutique, bosse des affaires oblige !

Dans notre duo avec Nadine, point de nuage dans le ciel, les tâches étaient réparties, je décidais, j'organisais, elle suivait. Notre amitié était sincère, nous étions complémentaires, conscientes de nos intérêts respectifs. Je n'avais, par contre, toujours pas de vie sentimentale et n'en ressentais pas l'envie, j'avais trop de travail.

Finalement, je dus m'expatrier dans la ville plus sociale de La Garde pour concrétiser mon nouveau projet, avec l'aval de la mairie et, en même temps que nous ouvrions notre crèche, je saisis l'opportunité d'ouvrir un deuxième magasin (attenant à la crèche). Cette ville connaissait une industrialisation exponentielle en plein développement et nombreuses étaient les familles qui s'installaient, s'approchant ainsi de leur lieu de travail. Là, mon diplôme en poche, je dus constituer mon équipe, Nadine en tant que puéricultrice mais aussi des éducateurs, des assistantes puéricultrices, des CAP petite enfance, des stagiaires en formation et du personnel d'entretien. Et nous introduisîmes des tas d'activités épanouissantes pour nos chers petits : jeux, musique, peinture et autres activités manuelles, théâtre, marionnettes, expression corporelle, bibliothèque... Nous invitions le plus possible les parents à participer et à consacrer quelques heures de leur emploi du temps à la crèche mais sans obligation. Des psychologues venaient nous faire des conférences sur l'éducation des enfants. Nous travaillions en étroite relation avec des médecins (généralistes, pédiatres et pédopsychiatres), une assistante sociale, ergothérapeutes et psychomotriciens venaient également de temps en temps nous apporter leurs connaissances. Je travaillais sans répit et avec entrain. Je m'inscrivis en première année de psycho et je bossais les cours la nuit : cela tombait bien, j'étais toujours insomniaque et étais devenue maniaque ! Ma nouvelle boulimie d'action me réconfortait car mes angoisses étaient toujours latentes au fond de moi. Et c'est ainsi que pour la énième fois, j'appris que ma mère avait attenté à sa vie et qu'elle séjournait en réanimation à l'hôpital Font-Pré à Toulon. Je décidai d'être charitable (une fois n'est pas coutume !) et de me rendre à son chevet quoiqu'il m'en coûtât : depuis l'accident, j'avais gardé une répulsion presque phobique envers les hôpitaux, leur grisaille et leur odeur mortuaire.

Ma mère, je la retrouvai en tête à tête pour la première fois depuis quinze mois ; auparavant, nous nous croisions sans vraiment nous voir depuis que j'avais acquis mon indépendance financière et que j'occupais un studio personnel. Depuis que j'avais remonté la pente, je la voyais dégringoler à une vitesse effrayante, son rêve de vie s'était brisé, elle se retrouvait totalement seule. Je suis devenue adulte, ma mère inutile ; je pense m'en être mieux sortie qu'elle au niveau de notre relation fusionnelle. Moi, mon horizon s'est ouvert, elle, le sien c'est tellement rétréci que l'avenir, elle ne peut le vivre que chimiquement. Ma mère, je la vois si pitoyable dans son univers étriqué et pourtant je suis bouleversée quand je la retrouve tuyautée, menottée, charcutée en salle de réanimation. Elle a subi son lavage gastrique la veille, ses jours ne sont pas en danger mais une surveillance sous scope pendant quarante-huit heures s'impose du fait de la toxicité des médicaments avalés. Son regard est éteint, son teint blafard, des cernes gris sous les yeux mangent son petit visage triangulaire et, même là, elle arrive à être belle ! Je ne rivaliserai jamais de beauté avec elle, j'ai appris à ne plus y attacher d'importance… Elle s'excuse de nous tracasser, elle jure qu'elle ne recommencera plus, des larmes perlent sur ses joues. Nous nous tenons la main, je suis émue et repense à une scène à jamais inscrite dans ma mémoire…

Ma mère… Je l'observe à la dérobée… Je suis dans un bain moussant chaud, je joue avec mes poupées Barbie, ensemble nous racontons une histoire… À son insu, je regarde ma mère, elle fait sa toilette puis se maquille avant de se rendre à un rendez-vous : un dîner chez des amis ; mon père la rejoindra, une jeune fille vient me garder… Elle est belle, altière, fine, le temps ne semble pas avoir d'emprise sur elle, elle a conservé son visage d'enfant, ses traits sont réguliers, harmonieux, sa peau est lisse, douce, parfumée. Le maquillage la métamorphose, la vieillit, la féminise, la personnalise. Elle étire ses yeux d'une ligne de khôl noir sous la paupière inférieure en remontant vers les tempes, pose avec application le mascara et recourbe délicatement ses cils déjà longs - la concentration de la tâche lui fait pointer la langue… - et termine en colorant légèrement ses paupières supérieures en mauve. Ses yeux sont verts, plus ou moins clairs ou nuancés selon la luminosité et son regard doux ; j'ai longtemps prié chaque soir pour me réveiller le matin avec la même couleur d'yeux, sans succès pour le moment ; mais je ne désespère pas… peut-être un jour… Elle se poudre avec un gros pinceau d'un nuage crème pour matifier son teint, trace un trait de blush cuivré sur les pommettes pour les faire d'avantage saillir, puis dessine le contour de sa bouche avec un crayon bordeaux et comble ses lèvres charnues d'un rouge à lèvres du même ton. Elle entrouvre la bouche en cul de poule puis pince ses lèvres pour étaler le surplus… Elle se regarde au miroir, semble assez satisfaite du résultat. Ses mains longues et blanches sont parfaitement manucurées, le vernis étant assorti au rouge à lèvre… Elle termine par le brossage de son abondante chevelure, la tête renversée puis se relevant brusquement, ses boucles auburn tombent en cascade sur ses épaules. J'ai longtemps tenté de reproduire ce geste sensuel mais n'ai jamais atteint cette perfection ; mes cheveux retombent plats ou dressés sur la tête, électriques… Féline, j'attends qu'elle rugisse mais elle se contente de miauler, de minauder, me demandant mon avis sur sa beauté… La touche finale, quelques gouttes savamment posées derrière le lobe de l'oreille, les poignets et dans son décolleté en v profond de son parfum préféré : numéro cinq de Chanel. Elle ajoute un à un les bijoux dorés qui vont rehausser sa robe noire épaulée, ses sous-vêtements noirs se devinent par transparence ; les escarpins noirs achèvent la sophistication de l'apparat : maman est belle, distinguée, séduisante et elle le sait ; à cet instant, aucun doute ne l'effleure, elle est consciente de son pouvoir, elle peut faire des ravages… Elle me pose un minuscule baiser sur la joue histoire de ne pas trop se démaquiller et s'en va, frivole et égoïste, me laissant seule dans mon bain froid, dans l'attente de la baby-sitter…

Nous avions pris l'habitude pendant nos études et à nos débuts professionnels de sortir le soir une à deux fois par semaine avec Nadine, en boîte de nuit. Nous aimions nous retrouver autour d'un verre dans cette ambiance particulière de noctambules avides de faire la fête et de tout oublier l'espace d'un soir. La lumière tamisée et les boissons alcoolisées avaient le mérite de délier les langues, de désinhiber les moins téméraires. Que dire de la drague et des attitudes qu'elle engendre; voilà des êtres esseulés qui veulent se rencontrer, des gens de tous milieux qui veulent se mélanger, qui attendent l'aventure au coin de la rue, qui ont soif de compliments, qui ont faim de chaleur humaine, de promiscuité. Les relations sont facilitées, plus familières; c'est comme si on se dédoublait, une sorte de Dr Jeckill et Mr Hyde. On avance masqué, on joue un rôle, demain est un autre jour…

« Comme du bétail, je te détaille,
Tel un chasseur, je guette ma proie,
L'hypnotiser pour la faire succomber…
Jeux de regards, jeux de hasard ?
Je te mate, tu me mates,
Tes yeux se dérobent, se posent sur ma robe,
Je me sais observée, je me sais convoitée,

Mais sans la moindre vergogne, en aucun cas je me dérobe,
Et à mon tour d'observer ce joli fessier, bien moulé dans un jean délavé,
Les fesses se dandinent, sont belles à croquer,
Bien charpenté dans ta chemise blanche déboutonnée,
Le dessin des pectoraux se dessine et ma main, je le devine
Aurait grande envie de se poser sur ce ventre plat et musclé
Enlacer cette taille mince et ceinturée ;
Palper le galbe de ces mollets
Et si j'osai… »

Nadine allait se marier prochainement mais cela n'entrava pas trop notre association. Lors d'une soirée en boîte, il y a trois mois, elle fit connaissance de Gérard et ce fut un coup de foudre réciproque. Il est prof de maths et l'a séduite non par son bagou mais à la suite d'une série de rocks endiablés. Il fallait à l'avenir que je me trouve une autre copine de bringue parce que sortir seule ne m'enchantait pas trop, je n'étais pas encore assez émancipée !.

Je pris l'habitude de me rendre à la piscine municipale deux fois par semaine pour me dérouiller un peu et pour me défouler beaucoup. C'était une alternative à la frustration sexuelle que je commençais à éprouver de plus en plus, sans parler du coup de blues à l'annonce du mariage de mon amie. Là, dans l'eau, mon corps retrouvait ses automatismes, mes tensions s'apaisaient et le contact de l'eau sur mon visage me relaxait. Je sillonnais l'eau avec mes bras et mes jambes à une cadence régulière et les deux mille mètres parcourus chaque fois faisaient sécréter en moi des endorphines dont le bien-être s'apparentait à une drogue. Même en étant devenue un bourreau de travail, j'attendais les deux soirées piscine avec impatience. Après je rentrais chez moi, fatiguée et je m'affalais devant une cassette vidéo louée : quel pied !... La solitude, petit à petit, on s'en accommode ; on organise ses journées, ses soirées ; le téléphone, la télévision, de la musique ou un bon bouquin peuvent combler le vide ou le silence. Mais il existe un vide que l'on peut difficilement combler - à moins que l'on soit adepte des godemichets - celui qui vous réveille la nuit en sueur : rêver à un orgasme et le vivre tellement que le vagin se contracte désespérément sur du vide et ni les caresses octroyées ni les doigts pénétrants n'arrivent à apaiser le feu… et vous laissent un goût d'amertume et de cendre froide… J'ai envie de crier, j'ai envie de hurler… comme un loup à la pleine lune… pour extérioriser ma détresse… la déchirure au plus profond de mes entrailles… C'est trop dur, c'est inhumain !... Je vais finir par me dessécher : le joli bouton va passer directement à la fleur fanée sans intermédiaire !...

Sans parler de l'anormalité quand je suis en société, à vingt-sept ans toujours seule, cela semble suspect, je dois avoir une tare cachée !... Enfin, j'avais au moins réussi ma vie professionnelle, mon bilan n'était pas totalement négatif.

En fait, je n'ai jamais vraiment été seule, j'ai menti par omission, mon chat a toujours été présent, à mes côtés, partageant les bons moments et les instants de désespoir. Il est âgé maintenant et plein de sagesse depuis qu'il a été castré ; oublié le petit fou qui urinait partout pour marquer son territoire, oubliées les périodes de rut où rien n'aurait entravé ses désirs. L'agressivité s'est dissipée. Il me contemple de ses beaux yeux verts. Il a engraissé mais son pelage tigré marron-gris est toujours aussi soyeux. C'est un chat de gouttière typique qui m'a été offert par mon père après mon accident.

Seule la nourriture l'intéresse à présent, il se balade beaucoup moins dehors mais est plus friand de caresses. Souple, élastique, il s'étire, passe d'un fauteuil à l'autre, dort à mes pieds. Il passe beaucoup de temps à somnoler, à paresser au soleil. Quelle belle vie de ne plus être sous l'emprise de ses hormones et si c'était la solution pour nous, les humains ?... Il adore être caressé et est le seul être à attendre mon retour avec impatience ! Lové sur mes genoux, il ronronne, remue la queue et m'exprime sa tendresse. Je me confie à lui, il est le témoin de mes états d'âme et notre promiscuité nous conforte l'un l'autre. Sans faire de l'anthropomorphisme, je crois que c'est le seul être qui me connaît vraiment !

L'année suivante, je décidai de rompre avec mon passé et allai faire mes adieux à mon psychothérapeute, j'étais fébrile.

- Bonjour docteur.

- Bonjour Isabelle, comment vas-tu ?

- Tout va bien, même trop bien, je suis transformée.

- Oui, je vois. Que deviens-tu ?

- Je travaille beaucoup, je suis complètement débordée : je suis directrice de crèche et gère deux boutiques de fringues pour enfants.

- C'est bien, tu arrives à t'occuper de tout ?

- Oui, je suis indépendante financièrement de mes parents, j'ai définitivement coupé le cordon ! Il était temps, j'ai vingt-huit ans.

- Tu as effectivement beaucoup d'énergie, tu parais plus épanouie !

- Oui, je me sens mieux dans ma peau, je m'en suis sortie ! Plus de tic, plus de TOC[1] ! Et j'ai même passé mon permis de conduire avec succès !

- Félicitations d'être allé au bout de tes réticences !... Et ta vie affective, sentimentale ?

- Je n'en ai pas pour le moment, je n'ai pas le temps mais ça ne me manque pas, j'ai des copains et des copines, tout va bien.

- Si tu le dis...

- Ce que je veux vous dire, c'est difficile justement. Je pense ne plus avoir besoin de thérapie... Cela fait presque dix ans que je vous vois, même de manière épisodique et je n'en ressens plus la nécessité. En fait, je suis venue vous faire mes adieux.

---

(1) TOC : trouble obsessionnel compulsif

- C'est ton choix Isabelle et je le respecte… Je te souhaite bonne chance… et ma porte est toujours ouverte si tu as besoin de moi…

...Ouf! je suis pivoine, je tremble comme une feuille lorsque je serre pour la dernière fois sa main, je transpire… Vite, de l'air!...

Mes dernières amarres me semblent loin…

Mon chat est mort, un beau matin, de vieillesse. Je crois qu'il n'a pas souffert. Il s'est éteint lentement. Il ne se nourrissait presque plus. Il s'est traîné dans le placard la veille au soir pour se cacher. Il devait sentir l'imminence de ces dernières heures. Je l'ai retrouvé au milieu de mes pulls et j'ai craqué… mon compagnon me laissait poursuivre ma route seule et sans son soutien… Je continue de lui parler, je sens sa présence impalpable et je suis si triste, si seule…

J'ai travaillé sans relâche et avec enthousiasme pendant deux ans, puis j'ai commencé à me sentir nerveuse à l'approche de mes trente ans. Le dix-huit mai était le jour de mon anniversaire, mes parents voulaient que nous le fêtions dignement. Ils attendaient avec excitation cet événement, peut-être l'occasion d'une réconciliation familiale inespérée. Je désirais trouver un prétexte à mon absence et puis j'ai cédé, c'étaient les seules personnes qui m'aimaient réellement. En trente ans d'existence je n'avais construit aucune relation humaine solide ni amicale ni amoureuse, le bilan était amer et j'avais du mal à le reconnaître; socialement je tenais mon rôle mais humainement quel désastre! Bien sûr l'équipe de la crèche avait prévu une petite fête en mon honneur mais je ne pouvais plus me voiler la face : j'étais seule et en manque d'affection, en manque d'amour. Refoulant dans les limbes de mon inconscient tout ce qui pouvait me gêner dans mon auto- appréciation; ma mère avait servi de refouloir et il était facile de l'accuser, mais la crise d'adolescence s'étant achevée, moi seule étais responsable de mon devenir; il était tant de réagir! Mais comment? Il fallait que je relâche la pression, que je tombe la veste! Mon esprit pragmatique imagina alors une solution à court terme : prendre des vacances, les premières depuis au moins dix ans ! Soit, j'allais me rendre au domicile familial, quitte à prendre le risque d'assister à une immense comédie mais, auparavant, et pour me donner du courage, je m'arrêterai dans une agence de voyage.

Mon billet aller-retour en poche pour l'île de la Réunion, je rentrai dans notre vaste demeure du Cap Brun que je n'avais par revue depuis deux ans. Comme prévu, l'anniversaire fut glauque en dépit de toute notre bonne volonté, chacun voulant faire croire que rien n'était brisé. Ma mère avait retrouvé le chemin de la santé et disait n'être plus dépressive. Physiquement elle avait pris un coup de vieux et elle n'exerçait plus sa fascination sur moi. Je la trouvais même un peu ridicule à vouloir s'habiller en minette à son âge, mais sa nouvelle mission était de reconquérir le cœur de mon père : tous les artifices étaient bons ! Elle osa même me souhaiter comme bons vœux beaucoup d'enfants… Un nuage passa alors… Mon père me souhaita prospérité dans les affaires, les siennes devaient prospérer aussi, il empâtait à vue d'œil ! Le champagne finissant par nous égayer nous constatâmes que nous n'avions plus de haine, seulement de l'espérance !

Je préparai les vacances avec soin : j'allais partir deux mois, laisser en gérance les deux boutiques et me faire remplacer à la crèche par Nadine en tant que responsable. L'esprit libre, j'étais prête pour toute aventure, je n'avais aucune contrainte et, symboliquement, ce voyage était important pour moi ; il déciderait de ma vie future.

Je voulais encore une fois tout oublier pour mieux renaître, me purifier. Devais-je me faire comme les indiennes un troisième œil ou me mettre un ruban coloré pour signifier que j'étais libre, disponible comme l'air (ne pas se tromper sur la couleur !) ?

La veille du départ, une angoisse surgit ; est-ce que la fuite résout tous les problèmes ? Et si mon séjour se passait mal ?...

Quatorze heures d'avion m'avaient fourbue, j'avais les jambes enflées et l'arrivée dans l'aéroport moite de Saint-Denis s'annonçait mitigée. Vite, je louai un véhicule et partis me refaire une santé pendant trois jours dans un hôtel luxueux de Saint-Gilles (le Saint-Tropez réunionnais). Ensuite, j'organisai mon périple dans des gîtes, des chambres d'hôte. Le tour de l'île se faisant rapidement, je savourai chaque étape en compagnie des locaux : créoles pour la plupart (cafres, blancs) ; les autres ethnies (chinois, z'arabes[1], indiens) ayant choisi d'autres activités. Mon lieu de prédilection fut la côte Est (la côte au vent) où la végétation sauvage et luxuriante était d'une beauté à couper le souffle ; les bains de mer par contre n'y sont pas indiqués sauf si vous aimez la compagnie des requins ! Pour entreprendre les grandes ballades dans les cirques, ne me sentant pas capable de les pratiquer seule la première fois, je m'inscrivis pour quinze jours à l'UCPA et ne fus pas déçue. Le clou du séjour pour moi fut le

(1) z'arabes : les indiens musulmans de l'île, originaires de l'Inde.

cirque de Mafate et je décidai d'y retourner une seconde fois, seule. Je commençai à ressentir le bénéfice du séjour : bronzée, musclée, l'activité physique alternée de phases de farniente me profitait. La chaleur et le soleil m'épanouissaient; les couleurs, les odeurs et les plats épicés me nourrissaient. Je n'avais plus envie de partir de cette île enchanteresse. La gentillesse des habitants, leur accent mélodique, l'exacerbation de la flore et de la faune : tout contribuait au paradis terrestre!... J'avais aussi besoin de silence et du chemin initiatique de Mafate. Nous étions trop compliqués, nous les humains; dans ce site, la contemplation l'emportait sur toutes les considérations intellectuelles, la beauté sur toutes les rationalisations. Dans cet état d'esprit, j'élus domicile aux Trois Roches où un gîte dominait les cascades et les gouffres. Un après-midi, dans ma retraite tranquille, je fus dérangée par un groupe bruyant... Obligée de partager ma couche et mon espace vital, je décidai de faire contre mauvaise fortune bon cœur et engageai la conversation avec ces jeunes gens. Le groupe était hétérogène : six garçons, quatre filles, des z'oreilles[1] et des locaux, deux instituteurs, une prof de gym, une chanteuse et son musicien, un mécanicien, un peintre, une photographe, un infirmier et un médecin. Ce dernier allait devenir l'homme de ma vie pendant quelques années. Il s'appelait Patrick, avait vingt-huit ans et était VAT[2] au SMUR[3] de l'hôpital de Saint-Benoît. Il passait quelques jours de

---

(1) z'oreilles : les métropolitains de l'île
(2) VAT : Volontaire Aide Technique - service civil.
(3) SMUR : Service Médical d'Urgence (antenne du SAMU)

récupération en compagnie de copains et venait régulièrement à cet endroit pratiquer le canyoning et surtout faire la fête. Le premier soir, ils m'invitèrent à partager leur délicieux dîner : des pommes de terre à la braise, des côtes d'agneaux et de porc, du cari de poulet... des mangues, des papayes, des petites bananes... des litres de punch et du vin qu'ils avaient ramenés à dos d'homme dans des containers de trente kilos au moins et cela ne faisait pas le poids avec ma modeste boîte de raviolis et ma gourde d'eau tiède ! Devant un superbe feu de camp, nous mangeâmes et nous assistâmes à un concert musical offert par Gladwys et Michel. Rapidement, je tombai sous le charme du médecin. Ses yeux vert bronze et sa voix chaude m'avaient fait craquer. J'étais très midinette ! La promiscuité du refuge et la romantique soirée écourtèrent les prémisses et je tombai dans ses bras dès la première nuit. Le lendemain, le groupe partit continuer son expédition, nous laissant seuls pour mieux faire connaissance. Nous restâmes une semaine à Mafate car Patrick devait reprendre ses obligations professionnelles, et il ne me restait plus que dix jours de vacances. J'étais euphorique, très amoureuse et pour une fois, cela avait l'air réciproque ! Les deux mois idylliques étant terminés, je quittai La Réunion mais pas Patrick qui devait me rejoindre dans six semaines, son service civil s'achevant. Il devait de toute façon rentrer pour passer sa thèse de médecine à Marseille. Telle Pénélope, je l'attendis avec frénésie. J'étais obsédée voire possédée et avais du mal à me remettre au charbon. Mes parents furent prévenus de l'arrivée imminente d'un quatrième membre dans la famille, mon père était heureux pour moi, la seule appréhension de ma mère fut que l'heureux élu soit noir ou très coloré : revenir avec un Réunionnais, quelle idée !

Nous nous sommes retrouvés ; il a présenté sa thèse puis nous nous sommes mis en ménage dans mon appartement. Le rêve des îles ne s'étant pas brisé avec le retour, nous passâmes une année sans nuage. Patrick effectuait des remplacements et des gardes dans les hôpitaux. Je n'avais plus d'angoisse avec l'amour, tous mes problèmes étaient résolus et c'était plus rapide et moins cher qu'une psychanalyse. Les deux années suivantes diminuèrent en qualité, la routine sans doute, mais l'installation en cabinet libéral de médecine générale avait sédentarisé Patrick et le démarrage difficile de la création le rendit versatile et malheureux. J'essayai de lui remonter le moral mais mes propres affaires florissantes avaient le don de l'exaspérer ! On m'avait proposé de donner des cours de gestion d'entreprise à l'école des cadres et j'avais des contacts avec des Canadiens pour mettre en œuvre « le concept crèche - troc - boutique ». Je devais d'ailleurs effectuer un séjour à Montréal prochainement. Finalement, je pensai que cette petite séparation serait salutaire car pendant trois ans, bien que très pris par nos activités professionnelles, nous ne nous étions pas une seule fois séparés.

Je me trompais, à mon retour, la situation s'aggrava et Patrick noyait de plus en plus son chagrin dans l'alcool. J'essayais de comprendre : la vie dans les DOM lui manquait, la chaleur, la convivialité mais il y avait aussi le fait que je gagnais mieux ma vie que lui, que je n'étais pas déracinée et que je bénéficiais plus que jamais du soutien parental.

Pour sauver notre couple, j'allais arrêter de prendre la pilule. D'abord j'en avais ras le bol de la prendre et je savais qu'il avait toujours désiré avoir un enfant. Jusqu'à présent, je n'étais pas prête psychologiquement parlant mais j'allais céder aux pressions sociales et familiales et, à mon tour, j'engendrerais ; ma décision était prise… Nous allions avoir une discussion…

À la sortie du travail, je m'affairai à faire les commissions pour nous concocter un dîner romantique, je n'oubliai pas les bougies, les fleurs ni la bouteille de château Margaux, riche en souvenir !... Quelle déception, j'arrivai épuisée mais pleine de bonne volonté et il m'ouvrit la porte… en pyjama, pas rasé, les yeux vitreux, l'haleine chargée… J'entrai dans une maison bordélique chargée d'immondices : boîtes de bière qui s'entassaient, cendres de cigarettes disséminées et renversées… la musique de Santana à fond la caisse et tant pis pour les voisins… La nausée… j'eus envie de me casser, de faire demi-tour… Ému par mes achats, il me prit le bras, m'attira vers lui, une répulsion m'anima alors… brusquement, je me retournai, baissai le son de la chaîne stéréo et lui dis :

- Il faut qu'on parle ! Qu'est-ce qui ne va pas, qu'est-ce qui nous arrive ?

- J'en ai marre, j'étouffe.

- Mais pourquoi ?

- Je veux partir, je ne supporte pas de rester enfermé dans un cabinet à attendre le bon vouloir du patient. Aujourd'hui en six heures de présence, je n'ai eu qu'un seul client… ce n'est pas une vie pour moi, ce n'est pas la vie que j'imaginais…

- Mais il faut avoir de la patience, tu débutes, les débuts sont toujours difficiles !

- Écoute, je suis en train de devenir alcoolique. Je n'en peux plus.

- Mais ta vie te convenait avant !

- Oui, mais maintenant, c'est la routine !

- Tu dis ça parce qu'on n'a pas d'enfant ?

- Tu n'en veux pas !

- C'est pas ça mais je n'étais pas prête jusqu'à présent !

- À trente-trois ans, tu es immature sans doute, mais tes chances s'amoindrissent plus tu attends de faire un enfant et un enfant normal !

- J'avais trop de travail.

- C'est une fausse excuse ! Oh et puis, de toute façon, ce n'est plus le problème… Ici, je ne sers à rien, les gens bouffent trop, consomment trop, revendiquent sans arrêt leur droit et non leur devoir ; ce sont des éternels assistés, pourris par un pays trop riche, ils ont perdu toute notion d'humanité ! C'est dévalorisant pour moi de les soigner, la seule chose qui les intéresse c'est d'avoir des soins gratuits :

« Et mon cent pour cent docteur ! vous pouvez me marquer ces médicaments que j'ai achetés à la pharmacie pour qu'ils me soient remboursés !...

Je viens pour une piqûre! pour une infiltration!... mais si vous ne voulez pas, tant pis, j'irai chez un de vos confrères!... Prescrivez-moi des séances de kiné! des cures thermales! des bons d'ambulance! j'y ai droit! je cotise moi!...

Venez faire une visite pour mon petit qui a trente-huit de fièvre et venez vite parce qu'après j'ai rendez-vous avec mon coiffeur!...

Docteur, venez à mon domicile soit avant quatorze heures soit après quinze heures, vous comprenez, je regarde mon feuilleton « Les feux de l'amour » et avec mon mari, nous l'attendons toute la journée avec impatience!...

Ah! chéri, c'est le médecin... Ah zut, c'est pas Darty, mais quand vont-ils venir réparer la télé?...
Trois cents francs pour une visite de nuit, mais c'est cher pour un renouvellement de pilule, même si c'est trois heures du matin !

De toute façon je m'en fous, j'ai l'aide médicale gratuite et puis c'est trop long d'attendre dans les salles d'attente!

En plus, je n'arrive pas à dormir, je suis insomniaque!

Docteur, j'ai appelé hier soir, vous n'étiez pas là; on peut mourir alors!...

C'est juste pour un certificat, c'est juste pour un tampon sur ma licence, ça ne vous prendra pas beaucoup de temps, docteur !... Ah, c'est payant !...

M'examiner ? Vite alors car je suis pressé !...

Docteur, j'ai besoin de ces médicaments... je vous ai fait la liste, vous pouvez la recopier !

Docteur, je ne veux pas que vous me recousiez, je veux juste un pansement...

Docteur, c'est juste pour un arrêt de travail, vous comprenez je fais du bénévolat dans un club sportif et là, ils ont absolument besoin de moi pour préparer la compétition !...

Non, pas d'AT[1] docteur, je travaille au noir !...

Docteur, vous pouvez mettre l'ordonnance de mon mari à mon nom car il n'a pas de mutuelle, moi oui ; c'est juste pour la prise de sang, le PSA.

- Non madame, pour la recherche de l'antigène de la prostate, je ne peux pas !... ».

...Et toutes ces consultations par téléphone où tu dois diagnostiquer sans voir la personne, la rassurer, elle

---

(1) AT : arrêt de travail

viendra chercher l'ordonnance entre deux consultations…

Je suis dégoûté de ce comportement, de ces réflexions ; pour vivre décemment de ce métier, il faut devenir prestataire de service, je pensais effectuer une tâche plus noble… le serment d'Hippocrate, tout ça c'est du pipeau. Et je ne te parle même pas de la sécu qui nous emmerde !

- Et que veux-tu faire ?

- Il y a des guerres dans le monde, des catastrophes naturelles où des gens souffrent réellement et n'ont plus rien ; je veux contribuer à soulager leur détresse même si cela ne représente qu'une goutte d'eau et même si l'action est vouée à l'échec car éternellement détruite et à recommencer ; mais le regard de ces gosses du Rwanda ou de ces vieillards de Sarajevo vaut mille récompenses et la peine de se battre contre la misère, la famine et l'absurdité des guerres.

- Je te comprends, tu as raison, fais ce que tu crois…

- De toute façon, je compte poser ma candidature dans des ONG ils sont bien organisés, ont des besoins précis et me convoqueront à leur convenance. Il me faut envisager un successeur pour mon cabinet et après je serai vraiment libre…

- Je t'aiderai financièrement et matériellement si tu le veux, je pourrai collecter des vêtements, des médicaments…

- Oui, il faut le faire…

Malgré le tour imprévu de cette conversation, je restais fixée sur mon idée première, à savoir l'arrêt de toute contraception. Je pensais qu'un enfant nous changerait de notre quotidien et nous ferait prendre un nouveau départ. Trois mois après notre discussion, Patrick n'avait toujours pas été sollicité et moi, je ne voyais toujours pas les anglais débarquer. Je me décidai alors à faire un test de grossesse et, surprise ! il s'avéra positif. C'était la première fois de ma vie que je tombais enceinte. Je ne ressentais pour le moment aucun des signes cliniques mais j'étais seulement à quatre semaines de gestation. Je décidai le soir de l'annoncer à mon cher et tendre !

En rentrant à l'appart, il régnait une effervescence non coutumière ; notre intérieur était toujours aussi bordélique mais d'une autre manière : des cartes étaient étalées sur le sol, des habits d'été jonchaient le canapé alors que nous étions au mois de décembre et Patrick était très volubile et excité au téléphone. La conversation entendue me poignarda littéralement et je m'apprêtai à faire une crise de spasmo… surtout respirer calmement !... Patrick partait… dans une semaine, au Laos, pour commencer avec Médecins du Monde pour un programme sanitaire puis il enchaînerait avec d'autres actions dans d'autres pays… Ayant raccroché, il me souleva, m'embrassa, il sautait de joie… J'étais partagée : contente pour lui mais j'allais me retrouver seule au moment où j'avais le plus besoin de lui. Je décidai de ne rien lui - dire concernant ma nouvelle, je ne voulais pas lui gâcher son départ ni la lui faire au chantage ; je déciderais seule du cours de ma vie. Je n'avais pas vraiment l'humeur à faire la fête mais dans son bonheur égoïste, il ne s'aperçut pas vraiment de ma détresse. Ce soir-là, il me fit l'amour avec tendresse et avec beaucoup d'application, je savais alors que je le perdais. Par la suite, il me dit qu'il m'écrirait, qu'on se reverrait entre deux missions mais je n'y croyais plus, l'étincelle s'était éteinte ! J'attendis avec impatience la solitude pour pouvoir réfléchir de manière sereine. Que devais-je faire : garder l'enfant et l'élever seule ou bien recourir à l'avortement puisque cela était encore possible ? Aucune des deux décisions ne me plaisait j'avais pris le risque après maintes réticences d'engendrer uniquement parce que nous étions deux pour assumer et malgré cela, l'exemple de mes parents ne me rassurait pas sur l'éducation à donner ; même un couple uni connaît des difficultés ! Quant à l'avortement, sans être spécialement intégriste catho, je n'aimais pas l'idée de tuer une vie (avec une aiguille à tricoter comme nos grand-mères ou dans un centre spécialisé ?) d'autant plus que je n'avais aucune circonstance atténuante : j'avais trente-quatre ans, je gagnais bien ma vie et avais arrêté la contraception de mon plein gré. Quel dilemme cornélien ! Donner naissance à un écorché vif de plus qui subira l'amertume de sa mère, une mère aigrie, abandonnée… Accoucher sous X, je ne pourrais pas, je traînerais ma culpabilité jusqu'à la fin de mes jours… Faire un enfant et le laisser élever par ma mère qui adorerait ça, c'est le condamner d'avance et je ne peux m'y résoudre… Je m'estime incompétente, frivole, irresponsable… mais je n'ai pas envie de me suicider pour autant.

Finalement, si Dieu existe, dans son immense mansuétude, il a écouté ma prière muette : trois jours plus tard j'étais victime d'une fausse couche; ou bien cet enfant avait compris qu'il n'était plus désiré et par sagesse n'a pas préféré s'accrocher. Encore une illusion qui tombait mais celle-ci tombait comme un couperet, je n'aurai pas d'enfant et plus d'expérience liée à la famille, je me battrai solitaire pour des valeurs de vie mais je ne veux plus connaître émotionnellement la filiation, elle est synonyme pour moi de souffrance. Reproduire éternellement les mêmes erreurs de génération en génération, traîner comme un boulet les secrets familiaux, sa petite enfance et en être handicapé pour la vie, refaire surface en refoulant tout un pan de sa vie que la moindre écaille sur le lisse verni fait resurgir; comment se blinder pour ne pas souffrir, de quelle muraille doit-on entourer son cœur? S'abrutir pour ne pas penser, congeler ses affects et demeurer optimiste après tout, conserver le goût de vivre envers et contre tout!... Après un passage à vide, je me relançai dans la vie active, trépidante et fonctionnai en mode automatique, comme un zombi.

Les mois passaient de plus en plus vite, j'allais avoir trente-cinq ans et je recevais des nouvelles épisodiques de Patrick; je suivais sur une carte ses itinéraires et dans ses rares lettres, je percevais de la joie, du bonheur, de la plénitude : il avait trouvé un sens à sa vie et manifestement je n'en faisais plus partie.

Un après-midi de repos, je décidai de rendre visite à ma mère, sans la prévenir de ma venue. Je la trouvai obnubilée par sa télévision et je savais déjà qu'elle passait ses journées devant le poste à attendre le retour du guerrier ! Depuis sa soi-disant guérison, elle s'abrutissait du matin au soir de séries, sitcoms, jeux, documentaires, films, sports… Elle ingurgitait comme du petit lait tous les programmes plus ou moins débiles et elle vivait par procuration, passivement… Elle rêvait…

- Tu ne peux pas bouger et sortir t'aérer plutôt que rester prostrée devant la télé !

- Non, je suis bien devant le petit écran, dehors, je n'ai que désillusions !

- Oui, bien sûr, la télévision est l'opium du peuple !

- Quoi ?

- Le lavage de cerveau si tu préfères, la programmation des esprits, on ne te demande pas de penser, on pense pour toi ! On te manipule à ton insu, on te crée des réflexes conditionnés, on te crée des faux besoins ! Et après tu consommes, tu gobes tout : aussi bien la marque de lessive, la fête de Halloween que la liste politique à élire. Des informations très arbitraires qui désinforment… rien n'est fait au hasard !

- Quoi, un complot ? Mais à quelle échelle ? Planétaire ou nationale ?... Tu me parais bien amère depuis le départ de Patrick !... Et d'ailleurs ces idées ressemblent d'avantage à lui qu'à toi ! T'aurait-il manipulée, à ton insu ?

- Très drôle !... Tu n'as rien à lui reprocher, lui a choisi de vivre, pas d'être embaumé vivant, il ne s'emmure pas, il prend des risques, il est au cœur de l'action et contribue à changer le cours des choses.

- Mais de quelles choses parles-tu? Ne penses-tu pas plutôt qu'il fuit quelque chose et ce que tu prends pour acte de bravoure n'est que de l'intoxication, un acte de couardise en fait! Son action est-elle vraiment désintéressée et ne lui sert-elle pas à lui en premier lieu? Il ne pouvait pas s'adapter à une vie normale, il a lâchement abandonné sa compagne enceinte, il a peur de certaines responsabilités, de certains jugements; il sait que là-bas les gens ne le jugeront pas car ils n'en ont pas les moyens, seuls les soins basiques sont nécessaires et le regard des autres éternellement reconnaissants! C'est un égoïste qui recherche tout ce qui est valorisant pour son ego!

- D'abord je te rappelle en premier lieu qu'il ne se savait pas père car je ne le lui ai pas dit et ensuite tu es assez mal placée pour parler de narcissisme; tu connais le proverbe de la visualisation de la paille dans l'œil du voisin et de la poutre ignorée dans son propre œil.

- Ce que je veux te faire comprendre c'est que son altruisme, si noble soit-il, est opportuniste et que moi, je n'ai pas cette hypocrisie; je ne prétends pas révolutionner le monde, je n'attends d'ailleurs plus grand-chose de la vie, je n'aurai même pas la joie d'être grand-mère; alors je m'évade en rêvant de destins inconnus et sublimés... Tu t'évades bien à travers l'hyperactivisme de ta profession, comme ton père d'ailleurs!

- J'essaie de trouver un sens à ma vie, je ne renonce pas moi!

- Tu es jeune et encore pleine d'illusions!

- Non, c'est injuste de dire ça, je ne suis pas innocente et j'ai déjà eu ma part de souffrance mais je me bats!

- Tel Don Quichotte, tu te bats contre des chimères, tu gaspilles ton énergie en vain ; le fait de gagner honorablement ta vie et de ne pas avoir de souci matériel ne t'a pas rendue plus heureuse… moi, non plus d'ailleurs. La sérénité de l'esprit ne s'accorde pas avec la sérénité matérielle, on a toujours peur de tout, de vieillir, de souffrir, de mourir… peu importe l'âge ; ce sont toujours les mêmes angoisses !

- Tu as sans doute raison mais je ne désespère pas, je continue de chercher ma voie…

- Eh bien, bon courage ! Mais soit plus tolérante à l'avenir envers ceux qui ne possèdent pas ta force et cesse d'en vouloir à la terre entière ; laisse-moi vivre comme j'en ai envie. J'ai fait des erreurs dans le passé et les ai chèrement payées, actuellement je ne me plains pas et je souhaite sincèrement que ta vie soit plus riche que la mienne, que tu sois épanouie. Ta réussite m'a toujours rendue heureuse, je t'aime tu le sais.

- Moi aussi je t'aime et je ne me satisfais pas de la vacuité de ton existence, tu mérites mieux, ici tu t'ennuies, tu te morfonds à attendre papa, tu ne fais rien, tu es assistée !

- C'est vrai, tu as raison, bien que ce soit méchant de ta part de me le rappeler, mais moi j'ai l'amour de ton père et j'ai construit une famille ; nous formons un couple uni et nous nous soutenons mutuellement dans le pire comme dans le meilleur !

- Ça n'a pas été toujours le cas !

- La vie de couple n'est pas toujours cousue de fil blanc. Elle connaît des méandres et cela renforce le couple quand il saute les obstacles et je pense pouvoir affirmer avoir fait quelque chose de ma vie : avoir contribué à la création de ma famille et cela, c'était le bonheur. Alors maintenant, laisse-moi et va créer ta propre famille. Tu as voulu ton indépendance, ta liberté, tu les as maintenant, fais en quelque chose de positif.

- ... Pardonne-moi de t'avoir fait du mal…

- ... Non, je suis contente que l'on puisse à nouveau communiquer… Je croyais t'avoir définitivement perdue et pourtant, ce lien qui nous unit perdure et c'est le plus important… Les critiques sont constructives et il faut nous entraider !

Nous nous étreignîmes affectueusement puis nous nous séparâmes larmoyantes.

Décidément, je n'étais pas douée pour les relations humaines.

Les années passaient, ma vie professionnelle était toujours aussi remplie. Je m'octroyai quelques vacances bien méritées. En général je partais une semaine ou quinze jours au Club Méditerranée : cette formule me satisfaisait car je partais toujours seule ou avec une copine à l'occasion. Les loisirs à profusion, les sites idylliques et la bonne humeur ambiante, tout contribuait à me refaire une santé. Le souvenir que je garde en ma mémoire comme un symbole est une soirée à Sainte-Anne en Guadeloupe. Une soirée antillaise où nous étions conviées en dehors du club. Une soirée de folie… J'étais dans une période difficile et d'une humeur morose. La solitude, je ne l'avais pas vraiment choisie et elle m'accablait. La cuisine épicée, les punchs bien alcoolisés et le zouk eurent raison de ma tristesse et je fus happée par la musique. Je me levai énergiquement, essayant de digérer le trop-plein. Les yeux fermés, les hanches; qui se déhanchent, les genoux fléchis, le torse droit : je me laissais aller à la sensualité, je m'évadais… Je fus rapidement invitée par un grand jeune homme noir ébène, très beau, très félin dans sa manière de danser. Nos deux bassins collés, nos deux mains enlacées, je me laissais aller totalement au rythme cadencé.

Danseur émérite, il m'entraîna doucement dans le tourbillon de ses pas et après un début lascif, progressivement, le rythme s'accéléra. Nos têtes initialement bien droites commencèrent à vaciller, nos thorax se rejetant et nos bassins fusionnant, je décollai : je ne touchais plus terre. Nous ne faisions qu'un, nous étions à l'unisson. Nous étions seuls au monde…

Après une série de biguines, nous enchaînions sur des slows puis nous terminâmes la soirée sur la plage de sable fin au clair de lune, loin du brouhaha général. La nuit était très étoilée, la chaleur moite nous poissant le corps, nous prîmes un bain de minuit toujours l'un contre l'autre. Il faisait l'amour comme il dansait… remarquablement bien ; l'eau de mer accueillant et prolongeant les humeurs qui nous baignaient et nous unissaient. Un corps solide dans un liquide au gré des éléments et l'ivresse de ce moment qui s'installait pour l'éternité…

Comme toujours, le retour à la réalité et à la lumière crue du jour fut moins romantique ou moins kitch, comme on veut ! Mon bel Apollon s'appelait Martin et était maçon, ce n'était pas un intellectuel mais ce n'est pas ce que je cherchais : j'avais refait ce qu'inexorablement les femmes blanches font : se payer un black aux Antilles ! Et toute cette soirée n'était que duperie, que fantasme commercial, que tourisme sexuel de personnes nanties. Ce n'est pas ce que j'ai ressenti, en tout cas consciemment, je ne parlerai pas d'inconscient ni de mémoire collective ! Cette nuit-là se situait hors l'espace-temps. Les risques que je prenais par mon vagabondage sexuel ajoutaient peut-être du piment à la relation. Flirter avec la Mort et en finir avec la Vie dans la jouissance ou, comme un hymne à la Vie : faire la nique à la Mort. Qui des deux va gagner?

Nous nous sommes quittés deux jours plus tard, mes vacances s'achevant. Il est monté au cocotier mains et pieds nus comme un singe et me rapporta le fruit de l'amour, le délicieux breuvage de lait de coco. Je repartais triste, secouant ma main derrière la vitre du car qui nous emmenait à l'aéroport, les yeux embués de larmes…

Les angoisses ne vinrent que plus tard : folle, irresponsable je l'étais assurément. Allais-je avoir le Sida, allais-je avoir une maladie vénérienne, allais-je tomber enceinte? Les trois ensemble? Donc, consciemment, je peux dire que je n'avais pas prévu de baiser, je devrais pourtant finir par me connaître mieux!

Les six mois qui suivirent cette expérience tropicale me plongèrent dans une phobie du microbe. Très rapidement, je sus que je n'étais pas enceinte mais pour la sérologie HIV, il fallut multiplier les tests et les examens. Finalement, je m'en sortais bien et le prix à payer n'était pas trop lourd, j'avais attrapé un papilloma virus et avais des condylomes au niveau du col utérin. Le risque est que ces lésions peuvent dégénérer, si non traitées, en carcinome du col. J'eus droit comme châtiment à une électrocoagulation plutôt douloureuse au niveau du périnée, moins au niveau du col. Il fallut ausculter jusqu'à l'anus. Je n'oublierai pas l'humiliation de ces consultations, je ne sais pas si j'ai contaminé mon partenaire ou si c'est lui qui m'a offert ce cadeau, en tout cas, je ne pouvais pas le joindre pour lui en faire part… et donc la chaîne de contamination continua…

Personnellement, une surveillance gynécologique semestrielle pendant cinq ans apaisa mes angoisses mais, capote, à l'avenir je n'oublierai, bien solide et certifiée de préférence !

Isabelle est une jeune femme admirable, débordante d'énergie et de projets, passionnée et passionnante qui veut faire partager son enthousiasme aux personnes de son entourage. De nature volontaire, elle arrive à communiquer sans heurt son autorité naturelle avec beaucoup de diplomatie. Douée pour l'organisation, elle arrive à diriger plusieurs équipes de façon équitable et satisfaisante pour tous. Elle laisse s'exprimer les employés : leurs revendications et leurs bonnes idées; chacun participant au bien de l'entreprise, toutes les idées innovantes et créatrices étant les bienvenues. Pour elle, le personnel ne se résume pas en des pions qu'elle manipule, le contact reste humain et la relation humanisée. Toute adaptation personnelle est possible concernant la planification du temps de travail, les congés, les stages de formation. Sa société ayant toujours été bénéficiaire, elle ne se frotta pas aux restrictions budgétaires ni au chômage technique. L'argent en soi ne l'intéressait pas et elle ne chercha pas à le faire fructifier par de la spéculation comme le lui avait conseillé son banquier. L'image qu'elle projette à l'extérieur est celle d'une femme active, résolument moderne, charmante mais très inaccessible. Pour se protéger, à l'extérieur, elle peut être très hautaine, voire méprisante, toujours pressée, toujours très élégante : elle a un rôle à jouer, une étiquette sociale à tenir. Elle a hissé une telle tour d'ivoire autour d'elle que seuls quelques alpinistes chevronnés pourront s'y risquer; en général, ils abandonnent avant, devant l'ampleur de la tâche! Elle fait partie du cercle des femmes que l'on admire mais que l'on n'aime pas, de la génération post soixante-huitarde qui bénéficia de toutes les libertés, de l'émancipation du sexe faible qui se voulait l'égal du sexe fort, de la revendication de la sexualité, de l'indépendance financière; mais comment peut-on occulter plusieurs siècles d'us et coutumes et inverser la vapeur en trois décennies? Une femme libre, une femme libérée, qu'est-ce que c'est?... Isabelle est une wonder woman à l'image de la presse féminine de ces dernières années mais c'est aussi une femme seule, une femme souffrante qui a un besoin désespéré d'aimer et d'être aimée…

Saura-t-elle tenir le rôle qu'elle s'est donné ou bien sera-t-elle toujours double, tiraillée entre son être profond et son paraître superficiel?

Je suis fatiguée de toujours avoir à assumer une image qui ne me correspond pas…

Je dois toujours me montrer forte, inébranlable quoi qu'il advienne. Pas d'épaule sur laquelle reposer mes tensions, mes obsessions, aucune compassion à mon égard, aucune pitié, aucune faiblesse… Je dois faire front face à l'adversité et surtout ne pas me plaindre… j'emmerderais!

Quoi, Isabelle se plaindre, alors qu'elle a tout pour elle ! Elle, privilégiée, est dépressive, c'est drôle, laissez-moi pouffer !...

L'image de « la femme forte » me colle à la peau et dire que c'est moi qui l'ai fabriquée ! J'ai de plus en plus de mal à correspondre à ce rôle, j'ai des doutes, j'ai des carences, j'ai des failles, bref, je suis humaine !

La crèche dépend entièrement de ma personne et son devenir aussi, quoique nul n'est irremplaçable ! Je suis aimée, voire même adulée, tant que je vais dans le sens du vent ou de celui de mes employés mais peux retomber aussi vite de mon piédestal si je ne leur donne pas gain de cause. Or, j'ai besoin d'être aimée, besoin de me sentir indispensable !... L'ambiance est celle d'un personnel essentiellement féminin et me rappelle le milieu de la danse ; il faut constamment inverser la vapeur et tout en bénéficiant des qualités de notre sexe, tempérer par des avis masculins pour équilibrer les relations ; l'éducation des enfants n'est pas que l'affaire des femmes.

Je suis dévorée par le stress que connaissent bien les chefs d'entreprise : les factures à assurer, les personnes à remplacer quand elles sont malades, le mécontentement des parents et leurs remarques acerbes quand la prestation offerte n'est pas la perfection. Et, masochiste, je cumule les risques avec les deux boutiques ouvertes mises en gérance qui elles aussi doivent fructifier malgré la concurrence nouvelle. Le banquier, le comptable me demandent des comptes à longueur de journée et je suis sans cesse rattrapée par les taxes, impôts et autres macrophages. Je suis surmenée, travaille sans arrêt, prise dans une espèce d'engrenage bien que je sois peu entrée dans le monde de la surconsommation ; mes besoins sont simples, de temps en temps je me paie un beau voyage, suprême récompense !

Quand pourrai-je baisser la garde… Quand pourrai-je, vêtue d'un jean crade, dire aux parents qu'ils me font chier ? Est-ce la perfection chez eux, leur éducation est-elle sans défaut ?... Devons-nous toujours nous prostituer pour appâter les clients ? Devons-nous ramper devant eux et sans cesse vivre dans l'hypocrisie… La vérité fait-elle mal à ce point ou n'est-elle pas politiquement correcte ?... Je suis en permanence divisée et en conflit avec mon moi authentique, l'équilibre parfois se passe sans heurt mais actuellement cela m'est difficile, la révolte est dans l'air et je ne peux pas me réfugier dans le sommeil, ça va péter un jour, je le sens !...

J'étais toujours seule et j'en avais ras le bol, comment rencontrer le prince charmant ? J'avais trente-cinq ans, les années passaient et point d'aventure à l'horizon. Devais-je faire les petites annonces ? Recruter par minitel : « jeune femme charmante, libre comme l'air, indépendante financièrement, cherche compagnon de route pour partager loisirs, tendresse et plus si affinités » ou bien « névrosée de trente-cinq ans, un peu fanée sur les bords, cherche jardinier psychologue pour faire refleurir la jeune pousse qui est en elle ! »

J'appris dans une de ses lettres le mariage prochain de Patrick : était-ce une réfugiée Yougoslave ou bien une collègue French doctor ? Il ne s'était pas étendu sur la description de sa bien-aimée et ma jalousie toujours culminait.

Finalement le prince se présenta tout simplement sur mon lieu de travail : il s'appelait Jean et venait, un vendredi soir sur deux, chercher sa fille Jessica à la crèche. Séparé de sa compagne, il bénéficiait de son droit de garde deux week-ends par mois. Il nous avait souvent dépannées à la garderie en effectuant de menus travaux : il était très manuel et bricoleur. Jean avait trente-deux ans, était RMIste et artiste peintre. Il n'était pas vraiment beau mais avait un regard de chien battu très craquant et de belles mains toniques et musclées. Il avait surtout l'air malheureux comme les pierres, était mal dans sa peau et j'eus très vite envie de lui venir en aide. Par l'intermédiaire de sa fille d'abord qui était un peu perturbée par la séparation de ses parents et pour me remercier de quelques conseils éducatifs, il me proposa de m'aider à décorer mon appartement. Ce dernier était comme moi, il avait besoin d'une cure de jouvence! Et de nos deux solitudes pesantes, il en vint à venir partager mon nouveau home douillet. Nous nous accrochâmes l'un à l'autre comme à une bouée, surpris réciproquement de nos émotions. Nous étions complémentaires et désespérés, nous avions besoin de croire à cet amour naissant. Discrets au début, nous n'osions nous afficher devant le personnel de la crèche, nous passâmes à une vraie vie de couple trois mois plus tard : j'étais devenue la belle-mère de Jessica. L'appartement de Jean lui servait maintenant uniquement d'atelier. Plusieurs fois j'avais osé pénétrer le sanctuaire de l'homme doux qui partageait ma vie : des toiles de toutes tailles, des paysages marins, des natures mortes, surtout beaucoup de nus de femmes aux couleurs violentes, mélange de rouge et d'orangé, des visages torturés de douleur, des corps en offrande et son autoportrait cruel de vérité. Jean était un être très sensible, les sentiments à vifs, à fleur de peau, il m'émouvait!...

En même temps que nous posions nos marques et délimitions notre territoire, Nadine me fit part de son divorce prochain et de son envie de prendre une année sabbatique. Il me fallait rapidement lui trouver une remplaçante, elle, qui m'avait toujours si bien secondée! Jean vécut plus ou moins à mes crochets et se consacra de plus en plus à son art. Les relations avec son ex-amie étaient plutôt chaotiques : Jessica servait souvent d'otage et cette situation instable nous perturbait tous. Le seul avantage fut qu'elle rendait prolifique la création de Jean mais il ne voulait toujours pas la rendre publique, à mon grand étonnement. Je le secouais, l'agressais gentiment pour qu'il s'active davantage à la promotion de sa peinture ; bien que ne connaissant rien à sa passion, j'estimais qu'elle était plus que présentable : la preuve, mon appartement avait gagné en beauté depuis que ses toiles s'affichaient ! De temps en temps, il m'infligeait la pose, le soir après le travail et je devais me tenir immobile durant de longues minutes. La plupart du temps je m'endormais et il en profitait pour m'espionner ! Jean pouvait rester plusieurs jours entiers sans voir personne, cela ne le dérangeait pas sauf lorsqu'il savait la venue de sa fille prochaine. Cette dernière, à trois ans, était en plein œdipe et m'exprimait sa jalousie sans retenue par contre elle était experte dans l'art de manipuler son père en le culpabilisant et obtenait de lui tous ses caprices.

Bref, il y avait de la vie dans la maison et je ne m'en plaignais pas.

J'eus quelques soucis avec la santé de mon père qui fit un accident vasculaire cérébral mais il ne lui restait que peu de séquelles. Il fut invité à avoir une meilleure hygiène de vie et dû renoncer à l'avenir à pratiquer la plongée subaquatique avec bouteilles. Ma mère le cocoona durant toute cette période, étant aux petits soins pour lui ; le repos forcé de mon père fit du bien à son couple !

Mon père est allongé sur la chaise longue dans le jardin, les yeux dans le vague, il rêve… il m'entend arriver ; ses lèvres me sourient, mais son regard le trahit, éteinte la petite lueur dans les prunelles d'habitude si pétillantes !

Mon père est un terrien, un matérialiste, un paysan dans l'âme mais un marin dans le cœur. Il y a une semaine, le diagnostic et sa sentence sont tombés : accident vasculaire cérébral ou plutôt accident ischémique transitoire lui laissant pour séquelle une hémiparesthésie du membre supérieur gauche, en traduction une diminution de la motricité et de la préhension de la main gauche. Avec de la rééducation, il pourra en retrouver bientôt presque l'usage ; heureusement il n'est pas gaucher, ni musicien ! Le médecin a été formel : il doit renoncer au tabac, à la grande bouffe… et à la plongée sous-marine. Le colosse est anéanti, aujourd'hui il a un genou à terre… Je l'interroge… un peu trop peut-être… et mon père s'effondre… il pleure…

- Ma vie est finie, je ne peux renoncer à la plongée… une bonne hygiène de vie passe encore… mais une partie de ma vie est sous l'eau, je n'y peux rien, c'est ainsi !

- Parle-moi de cette vie, si inconnue de nous…

- C'est tout un cérémonial… celui du bateau et du matériel que l'on prépare, de la météo que l'on guette, de l'appel du large irrésistible, des embruns, du clapotis des vagues, des sites que l'on repère en fonction du temps et de notre envie, de la mer capricieuse calme ou agitée, du courant plus ou moins fort, de l'eau plus ou moins froide. Déjà, sur le bateau, tu humes l'air iodé, ta respiration se calme, tu expires lentement, tu te prépares mentalement à la descente, puis tu hisses ton fanion, tu jettes l'ancre à ton point de repérage et tu revêts ton équipement encombrant tel un cosmonaute : la combinaison, les palmes et leurs chaussons, le poignard avec le tuba, la lampe, l'ordinateur, la ceinture de plombs, les tables de plongée, le parachute ascensionnel, la bouteille d'air de réserve accrochée à un bout. Le masque préalablement nettoyé, tu enfiles ton gilet stabilisateur monté sur la bouteille que tu ouvres ; détendeur dans la bouche, assis sur le bateau, tu bascules en arrière... et tu descends dans un autre monde, plus silencieux, plus relaxant ; un monde où tout reste à découvrir, un monde qui se mérite, qui regorge de trésors engloutis. Loin des contraintes de la pesanteur, un univers liquide et bleu sombre habité par une flore colorée que tu éclaires de ton faisceau lumineux et là... les gorgones apparaissent rouges, le corail flambe, les dentelles de Neptune révèlent leur fragilité, les oursins violets leur énormité... tu regardes dans une faille et tu arrives à débusquer une murène qui se fait nettoyer les dents par une crevette ou qui cohabite avec un congre... puis au fond d'une grotte tu dégottes un poulpe ou un homard, sous une roche un chapon ou une mostelle... puis tu croises des bancs de girelles paon, un loup, des sars... puis de nouveau un banc de mérous d'au moins trente kilos... ils s'approchent de toi, tu te retrouves nez à nez avec eux... Me dire de renoncer à ce bonheur, tu vois ce que cela signifie pour moi...

- Oui, je comprends d'autant mieux que moi aussi j'ai dû renoncer à ma passion... mais tu vois, tout est surmontable, ce n'est qu'une question de volonté et de temps...

- Tu as raison, mais la mer, vois-tu, reste la dernière exploration pour l'homme accessible facilement ; dans les criques où j'allais, il n'existe pas de surpeuplement, elles sont encore assez préservées, assez propres… et la descente dans le grand bleu est jouissive… la découverte d'épaves est étonnante… chaque fois que je plonge, c'est un miracle qui se perpétue et se renouvelle, je redeviens un enfant émerveillé de tant de beauté, de diversité, de mystère. La plongée était nécessaire à mon équilibre, elle me permettait d'évacuer certaines frustrations, certaines tensions… C'était l'aventure, mon aventure… J'ai l'impression que l'heure du glas a sonné, je ne sais pas si je m'en remettrais…

Inquiète, j'invitais ma mère à prendre le thé pour lui faire-part de la conversation avec mon père. À l'opposé de ce dernier, elle affichait une grande forme avec son teint de jeune fille et sa dernière coiffure courte plutôt branchée. Elle semblait très calme et rassérénée ; assurément elle avait bien remonté la pente. C'était curieux d'observer que la roue tournait pour tous, à tour de rôle mais pas de manière synchrone : le plus fort s'effondrait, la plus faible s'envolait ; c'était peut-être leur dynamique de couple !

- Papa est mal en ce moment, il broie du noir !

- Oui, il est désespéré, je ne me souviens pas l'avoir déjà vu dans cet état…

- Tu crois qu'il devrait se faire suivre pour sa dépression ?

- Oh, il en a ras le bol du corps médical; il avale suffisamment de médicaments comme ça!... Non, je vais le bichonner, lui concocter un bon régime, l'entraîner dans mes associations... De toute façon, dans huit mois il sera à la retraite et après nous voyagerons... J'en ai tellement envie; lui aussi, mais son travail prenant nous a toujours empêchés de partir... S'il ne nous reste plus que quelques années à vivre, autant profiter de les vivre pleinement et au jour le jour!

- Sages décisions, mais crois-tu qu'il va les suivre?

- Oui, car c'est l'occasion d'une nouvelle vie où il n'aura pas à subir autant de contraintes, de stress, prendre enfin le temps de vivre...

- Mais sans plonger...

- Il trouvera d'autres centres d'intérêt, d'abord il pourra continuer l'apnée, la pêche et la voile, ces activités ne sont pas contre-indiquées s'il se ménage un peu...

- Tout de même, je ne le pensais pas si fragile; c'est une institution qui tombe! Tu aurais entendu comme il était volubile quand il me racontait cette passion; lui si secret d'habitude, il était intarissable!

- Ton père est un homme très introverti... mais c'est aussi un homme d'action, il ne veut pas susciter la pitié, voire la compassion. Il s'en remettra... Les épreuves donnent un sens à notre vie, elles nous permettent de réfléchir sur ce qui est essentiel et de relativiser le reste... Après l'accident, j'ai complètement disjoncté, j'étais tétanisée de peur, complètement repliée sur moi-même... et puis le temps a fait son chemin, j'ai essayé de nouveau de me frotter à autrui, j'ai fait des rencontres, j'ai participé à des associations humanitaires et la détresse des autres m'a fait paraître misérable ma propre souffrance. J'ai pris conscience que j'étais responsable de mon propre malheur et que j'entraînais ma famille avec moi et j'ai décidé de réagir, mais cela m'a pris plusieurs années…

- Bon, je suis rassurée de te voir tenir le cap pour tous les deux, embrasse-le pour moi et… bon vent !

Devant les quelques galères que je traversais, Jean ne me fut d'aucun secours ; il me croyait forte et prête à braver tous les combats. Le désarroi de mon père ne le concernait nullement et il trouvait ce dernier puéril à dépérir pour si peu : la contre-indication d'une activité nautique. Jean n'était pas du tout intéressé par le sport qu'il estimait réservé aux « bourrins ».

Ce différent envenima notre relation et, du coup, son humeur taciturne commença à m'agacer : c'était les prémisses d'un orage à venir ! À l'instar de mes parents que j'avais toujours connus solidaires, l'indifférence de Jean m'apparaissait comme une offense ; finalement, il ne s'intéressait pas à moi et les efforts consentis étaient à sens unique : dans notre relation je donnais beaucoup plus que je ne recevais. Après un an et demi de vie commune, j'essayais d'analyser nos rapports et une certitude l'emportait : je le hissais à bout de bras ; je le maternais. Sa mère était décédée depuis vingt-deux ans et l'avait donc abandonné au début de son adolescence et il n'avait toujours pas fait le deuil de cette absence qu'il considérait comme une grande injustice. Il traîna ensuite un syndrome de l'échec qui entravait toutes ces actions du fait de son manque de confiance en lui. Il n'avait pas fini ses études aux Beaux

Arts et il ne voulait pas présenter son œuvre : il avait peur. Il s'était fabriqué puis enfermé dans un cocon où le jugement des autres était absent et finissait par se scléroser en ressassant ses éternelles convictions. Seule sa fille enrichissait sa vie. J'avais eu cette prétention au début mais, très vite, je m'aperçus que c'était illusoire, il voulait une mère, il voulait une muse et je ne me sentais pas douée pour ces rôles. Je faisais mon possible pour maintenir le cap de notre embarcation, lui proposais d'aller consulter un psychologue ou un conseiller conjugal, ce qu'il refusait immédiatement, il ne croyait pas en ces charlatans... mais l'approche du naufrage s'avérait imminente !

Un soir, je pris mon courage à deux mains et décidai de l'affronter sur un sujet crucial pour lui : la reconnaissance de son art et de son talent. L'appartement était rutilant de propreté, il sentait bon la cire et la lavande ; Jean était maniaque, voire obsessionnel, c'était un esthète, il avait su créer dans notre demeure un décor harmonieux et une atmosphère hospitalière. Cependant la maison était devenue son nid et progressivement je me sentais exclue, comme invitée à mon propre domicile. Mon ami se faisait un point d'honneur à être un homme au foyer accompli ; il faut dire que la condition d'homme entretenu ne le satisfaisait pas et même le culpabilisait. Issu d'une famille de communistes depuis des générations, il se considérait plutôt comme anarchiste au niveau politique, toujours révolté, voire même révolution-naire ; c'est dire qu'il n'aimait pas exploiter son prochain ! Je le sentais constamment malheureux et je pensais qu'un électrochoc psychologique lui ferait du bien pour le sortir de sa mélancolie, d'autant plus que je n'avais pas vocation de masochiste.

- J'aime beaucoup la dernière toile que tu as faite : le portrait de Jessica.

- J'ai du mal à saisir l'expression de son regard !

- Pour la faire poser, ça ne doit pas être évident.

- Je travaille surtout sur photo ou sur les séquences arrêt de films… J'arrive mieux à la sculpter qu'à la peindre !

- C'est peut-être parce que c'est une enfant, un enfant symbolise le mouvement et la figer dans une image, c'est pas évident !... Oh ! et puis, de toute façon, tu n'es jamais content de ce que tu fais.

- C'est faux, j'aime bien ce que je fais…

- Alors pourquoi tu ne veux pas exposer ton travail ? Que crains-tu ?

- Je pense que je ne sais pas me vendre et d'autre part je ne sais pas si j'en ai envie !... Le principal n'est-il pas de m'exprimer, il suffit que je sois satisfait de mes réalisations et de les faire partager à une personne que j'aime !

- Oui, peut-être, cependant on ne peut pas juger la qualité de ton œuvre, nous ne sommes pas objectifs ! Et je ne connais vraiment rien à cet art !

- Il me semble déjà avoir entendu tes critiques. Quant à moi, je suis assez perfectionniste et je n'ai pas l'autosatisfaction facile !

- Il me semble que tu t'enrichirais au contact et au jugement d'autrui ; on te conseillerait, on t'aiderait dans tes démarches… et si tu veux, je peux contacter des galeries.

- Je n'ai pas besoin de toi... et je vais peut-être m'abonner à Internet, j'envisage d'ouvrir un site qui sera le catalogue de ma production.

- C'est bien, il faut le faire vite !

- Tu veux que je rentabilise, c'est ça, que je ne vive plus à tes dépens ?

- Non, ce n'est pas ça, je voudrais que tes peintures soient admirées, regardées...

- Évidemment, toi, tu n'as jamais connu de problèmes d'argent, tu as toujours été gâtée, tu es née coiffée !

- C'est injuste de dire ça ; très vite je suis devenue indépendante et j'ai suffisamment trimé pour arriver à cette sécurité, en sacrifiant beaucoup d'autres choses ! Je vais quand même pas m'automutiler pour avoir un destin à faire pleurer dans les chaumières ! Cependant, je positive, je suis optimiste, je crois en moi ! J'aimerais te voir réussir dans ton entreprise, te voir t'épanouir, être tout simplement heureux !

- Mais je le suis ! Comment peux-tu savoir ce que je ressens ? Me suis-je jamais plaint ?

- Tu te mortifies depuis que ta mère est morte, tu n'as plus le droit d'exister puisqu'elle est décédée, qu'elle n'est plus là pour t'encourager, pour t'admirer. Tu n'as pas besoin d'une femme, tu as besoin d'une mère !

- Oh ça, c'est de la psychologie à la petite semaine ; tu lis trop Cosmopolitan ! Regarde plutôt tes problèmes, ton fanatisme de l'action ; tu ne me parais pas non plus spécialement épanouie !

- Écoute, cela ne sert à rien de nous disputer, je veux t'aider un point c'est tout, je veux bien que tu ne sois qu'artiste, je ferai le marketing, tu seras débarrassé de toute contingence matérielle mais n'entrave pas la tâche !

- Je te répète que je ne t'ai rien demandé et que je peux très bien me débrouiller sans toi !

- Et bien d'accord, débrouille-toi seul !

Qu'est-ce qu'un artiste au juste ? Une personne qui exprime à travers son art, sa sensibilité, son émotion, sa vision du monde.

Elle a le don de sublimer le quotidien, le don de faire voyager, de faire rêver d'autres humains, de faire partager du bonheur, la beauté, la sensualité. Contribuer à exprimer la misère, la violence, à l'adoucir, à transcender les sentiments, à exulter la passion, à exacerber les correspondances, à ouvrir le monde par le biais de sa vision privilégiée. Pourquoi refuser le verdict des autres, pourquoi avoir peur de se mettre à nu ; l'enfant n'a pas ces inhibitions, il laisse aller son imaginaire construire d'autres mondes, il joue, il ne craint le regard de personne… Un artiste reconnu connaît le bonheur de la rencontre avec un public, il a moins de doute il peut poursuivre sa voie et vivre de son art auquel il peut consacrer tout son temps. Un artiste non reconnu n'est pas forcément un artiste raté mais pour lui la continuité de son œuvre rencontrera des difficultés d'ordre matériel et existentiel. Un artiste qui garde pour lui sa production est condamné à rester stérile et très malheureux mais il a sa part de responsabilité : il paiera cher le prix de sa peur et les doutes ne cesseront de l'assaillir. Cette prophétie m'attristait car elle était le sort de Jean. Sa souffrance nourrissait ses créations mais à s'en repaître pour avoir l'inspiration, il en oubliait de vivre et de sortir de ce vase clos, étouffant.

Nos différents s'aggravèrent au fil du temps ; cette conversation n'avait pas arrangé les choses et comme prévu le projet Internet avorta. Il ne suscita aucune réaction, ce qui confirma l'autodiagnostic de Jean, à savoir sa nullité. Jean était maussade, il maigrissait et arrêta de peindre pendant une période de six mois, période réfractaire. Je ne faisais aucun commentaire : il continuait son train-train ménager et accompagnait sa fille à la danse deux fois par semaine, je n'intervenais toujours pas ! Son ex-amie s'était mis en ménage également, du coup les droits de visite à Jessica se multipliaient. Deux ans de vie commune qui tournaient déjà à la mauvaise communication et aux règlements de compte. J'étais lasse de soutenir Jean, lasse de son pessimisme ambiant. Il reconstituait de plus en plus la cellule familiale avec sa fille dans une relation à deux, cette situation commençait à être malsaine et exclue de toute façon, je décidais de rompre.

J'analysais ce qui m'irritait chez Jean, sa passivité, son acceptation d'une fatalité inéluctable ; j'avais tenté de lui insuffler de l'énergie pour se battre, pour sa propre vie, il l'avait dédaigné, ça ne l'intéressait pas, tous les autres étaient méchants ; il ne pouvait se frotter à la société que de manière abstraite, qu'en théorie. Chaque fois qu'il l'avait côtoyée par inadvertance de près, cela avait été une expérience douloureuse.

Moi, j'en avais mon compte des psychopathes ! Je ne pouvais plus les sentir, les écorchés ! J'étais avide de rencontrer des gens sans problème, des gens sains. Mais cela existe-t-il ?

Notre séparation se fit dans la souffrance. En dédommagement, je lui laissais mon appartement qui me répugnait à présent. Je m'étais attachée à Jessica qui comblait mes carences affectives et la séparation était effective puisqu'elle allait être scolarisée à la rentrée.

Je décidais une dernière tentative pour amadouer l'amertume ambiante : j'accompagnerais sa fille aux cours de danse, la conseillerais dans ce domaine pour lui éviter mes propres désillusions. Je retrouvais avec joie les cours de danse, je m'étais même inscrite à des stages de jazz pour l'été. Aux cours, les mères éternellement maternaient leur progéniture, caquetaient dans les couloirs, leurs seules ambitions étant que leurs filles fassent des pointes et le grand écart. Pour frimer, je le leur accorde, ça en jette, mais faire monter des gamines sur pointe à huit-neuf ans, c'est de la folie et beaucoup de problèmes à venir : des dos déformés, des cuisses hypertrophiées. La compétence du professeur (s'il est diplômé, mais heureusement ça commence à devenir obligatoire) n'est pas toujours présente pour rectifier les mauvaises positions, ou bien les élèves sont trop nombreux en cours et j'assistais impuissante à quelques séances catastrophiques. Pour les cours d'adulte, ce n'était guère mieux, on me fit comprendre qu'à trente-sept ans, j'étais une « has been » et que je n'avais plus ma place en ces lieux ! J'ai essayé de renouer avec ce milieu mais il était désespérément fermé !

Finalement, je décrétais à Jean que sa fille ferait mieux de faire du karaté, ça peut toujours servir dans la vie. Quant à moi j'allais envisager de m'investir dans la broderie ou le crochet : des activités pour mon âge en somme ! Jessica n'a pas dû comprendre mon revirement d'intérêt pour elle et la danse... Que ses parents l'éduquent, après tout, ce n'est pas mon rôle !

Je reportais tout l'amour dont je débordais sur les bambins de la crèche et l'année qui suivit fut très pénible pour moi. Je savais que Jean retrouverait rapidement chaussure à son pied, cet homme ne pouvait pas vivre seul et il n'aurait aucun mal à attendrir une assistante sociale en devenir. Quant à moi, je savais qu'il n'y aurait plus d'avenir de couple possible, ma seule certitude étant le travail. Je continuais plus que jamais à professer et à faire prospérer mes affaires. Avais-je le choix ?...

Pourquoi je n'arrive pas à vivre à deux, à construire un couple ? Pourquoi les rapports sont-ils si houleux, souillés par la rivalité de chacun d'entre nous ; les concessions si difficiles à faire ? Comment partager un idéal, entreprendre un avenir commun ? Je pense avoir aimé Patrick puis Jean mais n'ai su retenir ni l'un ni l'autre. Ils avaient soif d'une liberté que je ne pouvais pas partager, j'étais exclue de leur centre d'intérêt respectif. Eux-mêmes n'ont jamais cherché à comprendre mes motivations, mes soucis ; ils se sont rarement investis dans mes préoccupations, communiquer était si difficile ! L'un était distant, froid, une fois les six premiers mois de liaison passés ; l'autre si inquiet, si pessimiste qu'il m'entraînait avec lui dans ses sombres perspectives ! De quel esprit d'abnégation doit-on faire preuve pour sauver son couple ? Si les protagonistes suivent chacun une ligne de vie parallèle émaillée d'aucune intersection, doit-on persister dans l'erreur afin de sauvegarder les habitudes, la routine bien confortable ?

Est-ce que je ne m'offre pas suffisamment, ai-je peur de laisser entrevoir ma vulnérabilité ? Se mettre à nu au sens propre et figuré, trop révéler sa personnalité profonde, comme un signe de faiblesse ? Je me retranche toujours derrière une barrière défensive, prête à me rétracter si l'on m'attaque. Pourquoi perçois-je cette agressivité, pourquoi suis-je en état de stress permanent ? J'aimerais, désarmée, donner et recevoir humblement l'affection mais j'ai peur de me retrouver terrassée en cas de litige, peur de me ramasser, peur de trop souffrir l'abandon de l'autre, peur de ne plus être aimée… Alors je devance, j'anticipe, plutôt que d'être délaissée, triste vision, je fais tout pour diriger moi-même : l'autre ne me manipulera pas, j'aurai déjà préparé mes arrières ! Mais pourquoi cette relation de combat, de guerre alors que l'union première naît de l'amour commun ? Comment peut-on transformer aussi vite ses sentiments ? Je ne suis pas le clone de l'autre, ni sa projection narcissique, ni son idéal fantasmé ; je préfère être complémentaire tels le yin et le yang ! La tolérance et la compassion qui soudent les couples, manifestement je ne les engendre pas ! Seuls les rapports de force me sont réservés : baiser ou être baisée, telle est la question ! Je ne veux pas faire partie du clan des faibles, de ceux que l'on écrase, de ceux qui rampent, mais mon égoïsme forcené ne me rend pas heureuse. Que faire seule dans ma forteresse vide? Pour qui? Pourquoi? Comment changer de mode relationnel pour vivre pleinement sa vie, sans se masturber l'esprit a longueur de journée? Casser la cuirasse, la gangue qui m'enveloppe; déverrouiller tous les verrous de mes ceintures, accepter de souffrir sans se détruire, accepter de tout reconstruire s'il le faut! Comment redevenir un être pur, naïf et bon dans une société si vorace, si avide de chair fraîche!

Avoir un projet de vie commune qui ne soit pas un poids mais un enrichissement réciproque. Recréer chaque jour la flamme des premiers instants par une vigilance exacerbée, partageant le pire et le meilleur. Évoluer au fil du temps et s'adapter en respectant l'autre et en préservant sa dignité! Ne pas devenir un vieux couple aigri, engoncé dans ses habitudes et apeuré de tout changement, redoutant la solitude et préférant être mal accompagné, trop paresseux pour se remettre en question. La vie quotidienne et ses tracasseries détériorent-elles la noblesse des sentiments? Continuer à séduire l'autre, à avoir des attentions réciproques, à s'aimer tout simplement : est-ce un rêve impossible?

Mes insomnies étant revenues, je décidais de reprendre des cours de sophrologie; je choisissais, avec soin cette fois-ci, les cours, j'en avais ras le bol des sectes et des gourous. La relaxation de nouveau apaisait mes contractures et mes angoisses et je découvrais une autre discipline : la bioénergie. C'était une technique beaucoup plus énergétique, où l'accélération de la respiration thoracique devenant orgasmique, nous purgeait de toutes nos tensions : la catharsis. En général, une sensation de vide nous envahissait à la fin et le sommeil réparateur était le bienvenu. J'attendais la séance hebdomadaire avec impatience, elle était devenue ma drogue.

Un soir, l'animateur des lieux nous parla d'une nouvelle expérience : la transe thérapie ou terpsychore. Il nous demanda de danser, de nous laisser aller et de trouver un partenaire qui lui, nous regarderait. Dans le couple : l'un actif, l'autre passif; on intervertirait les rôles ensuite. Nous étions sceptiques et curieux dans ce groupe de seize personnes en formant notre duo. La musique entama ses premières notes : « les tambours du Burundi »... Je fermais les yeux m'imprégnant du rythme, de la respiration... debout, je m'enracinais alors dans le sol, genoux fléchis, pieds écartés, le grounding... puis une vibration, une chaleur s'empara de mon bas-ventre, mon bassin commença alors à frémir, à basculer, puis l'ondulation sinusoïdale monta au thorax et à tout le corps, la respiration s'accéléra couplée aux battements du cœur… Une sensation de déjà vu, de déjà éprouvé ancestralement me submergea, je quittai le contact avec la réalité… je partais très loin; hors de l'espace, hors du temps…

L'Afrique Noire… Les tam-tams… La danse tribale, les rites initiatiques, la sorcellerie, la magie noire… Plus loin encore, les hommes préhistoriques, la course, la chasse, le danger… Encore plus loin, le miracle de la naissance, l'étincelle de vie, le liquide amniotique, le coït originel.

Une pulsation, je suis une pulsation.

Laissez-moi, allez-vous en, laissez-moi tranquille, laissez-moi continuer. Je veux rester là-bas. Je suis là-bas et ici. Tout se mélange…

Je sens les gens autour de moi, je perçois leur angoisse, ils entravent ma liberté… et puis plus rien, le trou noir, comme si je tombais dans les pommes… Je ne peux plus respirer, mon pouls a dépassé les deux cents à l'heure, ma respiration est haletante, je vais convulser…

Des gens s'agitent autour de moi, ils tentent en fait de me calmer, de m'aider à revenir sur terre, dans la réalité… La reprise est très difficile, je suis mal… j'ai la nausée… je tremble de tous mes membres… puis je m'effondre épuisée…

Je m'éveille, je suis hagarde, j'ai voyagé très loin… trop loin?...

Une fois reposée, j'ai très vite envie de parler, de raconter, de comprendre…

De l'extérieur, ma compagne spectatrice a très vite perdu le contrôle de la situation, elle avait en face une personne trop agitée, trop violente qui effectuait des mouvements de la tête et du cou d'une amplitude rarement humaine (pendant les quatre jours qui suivirent, j'eus un torticolis du feu de Dieu !). Très rapidement, elle dut se faire aider par d'autres personnes pour tenter de canaliser cette énergie, pour éviter que je ne tombe. Ce que moi j'ai ressenti comme un mal-être : des gens qui m'empêchaient de rester là-bas, en fait, ils avaient surtout peur que je me fasse mal ici. Heureusement que l'enseignant maîtrisait cette ambiance à la Castaneda (pourtant sans vaudou ni champignon hallucinogène) car cette expérience aurait pu déraper…

...et finalement elle a été très enrichissante.

Pendant longtemps, j'ai eu besoin de parler de ce que j'avais ressenti mais je n'arrivais pas à l'exprimer, c'était trop confus, les mots ne reflétaient ni ma pensée ni réellement mon expérience; j'avais l'impression de saouler mon entourage par mon excitation à raconter ou bien on me prenait pour une folle et les regards se faisaient ironiques, alors je me suis tue.

Était-ce une expérience comparable au fameux tunnel noir des comateux ? L'aventure remarquable était le fait de voyager, de se déconnecter si vite de la réalité sous l'emprise d'aucune drogue, d'aucun médicament hallucinatoire ou anesthésiant. Était-ce le logiciel de la mémoire collective emmagasinée dans nos gènes qui s'était enclenché, laissant dérouler ces pages et le film de la vie, remontant de manière accélérée et chronologiquement le temps ? Était-ce un pur fantasme, une hystérie personnelle… voire généralisée ?... Certains peuples dont les tamouls* entrent facilement en transe, mais nous Européens, sommes rarement possédés, sinon le diable est en nous !... Un prêtre est alors sollicité pour pratiquer l'exorcisme.

Que connaissons-nous sur le cerveau humain : peu de choses en fait, l'anatomie, la physiologie, les différentes aires auxquelles on attribue différentes fonctions mais la mémoire, la pensée font toujours l'objet de tant de mystères. Sommes-nous régis par des médiateurs chimiques responsables de tous nos comportements ou bien leur sécrétion n'est que la conséquence de nos actes ?...

Des années après, je me pose encore des questions et ne suis toujours pas revenue indemne de l'émotion éprouvée ce jour-là.

---

(1) Peuple indien non musulman.

Ma vie avait tendance à redevenir austère et les années passaient à une vitesse vertigineuse. Je sentais de nouveau la mélancolie pointer en moi et décidais de prendre soin de ma personne, de me choyer, de me faire plaisir. Le printemps s'annonçant, je commençais par renouveler ma garde-robe de tenues légères et colorées puis prenais rendez-vous au hammam pour me faire masser. Je pénétrais dans ce lieu au décor oriental somptueux : les murs décorés de faïence et de mosaïque bleues et violettes, de dorures, des voûtes, des arches; toute une architecture en rondeur, en douceur. La moiteur de l'endroit et les vapeurs d'eucalyptus progressivement m'envahissaient et je sentais déjà mes tensions s'évanouir en fumée. Je purgeais mon épiderme et mon âme dans des ablutions et me relaxais au bord du bassin d'eau bouillante. Je me fis enduire ensuite d'argile sur tout le corps qui, tel un masque de beauté, eut raison de mes dernières cellules mortes. Je repassais à la douche où toute la noirceur fut éliminée. Ensuite, dans la salle de repos, je me plongeais dans la béatitude la plus totale et piquais un somme d'une demi-heure au moins. Le masseur Marocain vint me chercher pour la séance et, docilement, je le suivis dans son antre. Il m'enduisit d'une huile de palme et commença à me malaxer, à tapoter, à pincer-rouler, à pétrir la chair, le cuir chevelu, les muscles peauciers, la nuque, le dos; allongée sur le ventre, je m'en remis entièrement à ses mains. Il alternait les effleurements avec les massages circulaires puis plus profonds en insistant bien sur les cervicales et les lombaires... Je voudrais que ces caresses ne s'arrêtent jamais : je suis bien, si bien... ma tête est vide de noires pensées... la félicité m'habite... j'ai envie de sourire, d'embrasser, de remercier...

Pour clore la visite, il me parfuma d'essence de jasmin et m'offrit un thé à la menthe chaud et sucré... j'avais refait le plein d'énergie.

Le soir, j'étais invitée à dîner chez mes parents. Je m'y rendais avec insouciance et avec un bouquet de roses rouges à la main, les fleurs préférées de ma mère. Elle avait mitonné mes plats favoris : une marinade de poivrons à l'huile d'olive, des petits légumes farcis, des brochettes de viandes et pour le dessert, une charlotte nappée de confitures de crème de marron et d'orange amère. Les menus alimentaires familiaux avaient évolué au même titre que nos relations : l'anorexie n'existait plus, les phobies étaient moindres; la sagesse s'intégrait à notre famille au fil du temps. Ma mère s'occupait bénévolement des colis de la Croix Rouge pour les réfugiés du Kosovo, mon père avait levé le pied sur les affaires, sa tristesse s'estompait peu à peu, il anticipait sa retraite prochaine et débordait de projets en perspective. Mes parents étaient de nouveau très unis et cela me mettait du baume au cœur, nous étions redevenus une famille.

L'été arrivait et une frénésie de sensualité m'envahissait : mes sens étaient en éveil après avoir été longtemps anesthésiés. Le soleil, la chaleur, les marchés de Provence regorgeant de beaux fruits mûrs de saison et de légumes multicolores ; j'achetais du basilic, de la menthe, du persil, du thym et du romarin, des olives aromatisées et des variantes, faisait provision d'huile d'olive. J'avais des envies de grillade, de barbecue... de salade de fruits frais et de sorbets exotiques... de sieste à l'ombre des pins, aux odeurs de résine et au son des cigales... de sable chaud, d'huile solaire, de tiaré et de brise marine... Après une longue hibernation, je revenais à la vie...

J'invitais Nadine un soir à dîner pour évoquer le bon vieux temps. J'en avais soupé des hommes et de leur humeur fantasque. Notre amitié avait résisté au temps et elle faisait partie des fidèles qui ne m'avaient jamais déçue. Elle avait eu le temps de faire deux enfants et de divorcer. Son nouvel ami était skipper et elle avait de plus en plus envie de prendre le large. J'avais eu plaisir à cuisiner pour elle : tomates à la mozzarella et au basilic, de la ratatouille, du thon grillé aux herbes de Provence et au fenouil avec un filet de citron, mousse au chocolat à la menthe et à la noix de coco râpée. Ce n'était pas du grand art culinaire, mais nous nous régalâmes, le tout arrosé d'une bouteille de rosé des Jassons de la Londe-les-Maures.

Les fous rires se succédaient... Complices, nous avons refait le monde jusqu'à deux heures du matin. Nous nous sommes imaginées dans une trentaine d'années, le rendez-vous était pris et nous nous sommes couchées bourrées.

Nous sommes au mois de décembre 1999, chacun s'apprête à fêter dignement le troisième millénaire qui s'annonce ; sujet d'ailleurs polémique, est-ce cette année ou l'année prochaine le siècle nouveau?... La fin du monde tant annoncée sera-t-elle éclipsée?... Des personnes préparent dans la fébrilité ou dans la spéculation depuis de longs mois la fameuse soirée historique… et moi, dans cinq mois, j'aurai quarante ans… Je n'aurai pas d'enfant ! Je ne sais pas si c'est un choix délibéré ou pas : au début, je ne me sentais pas prête à assumer une maternité, après je n'ai pas rencontré le père potentiel et je n'ai pas voulu enfanter seule. C'est vrai, j'ai eu peur d'éduquer dans l'erreur, peur de mal aimer, peur de subir un destin qui nous échappe, peur du futur de notre planète… peur de prendre des risques.

Dans la société actuelle être une femme de quarante ans célibataire paraît louche et anormal et elle est rejetée. Dans les soirées, elle effraie, elle peut débaucher le mari de la copine et pour les pique-niques du week-end, mieux vaut s'affubler d'un joyeux animal domestique pour amuser les chérubins, car venir seule dans des réunions familiales, est forcément dramatique ou pitoyable. J'ai essayé de rentrer dans le rang de la conformité, je n'y arrive pas, ce n'est pas ma voie…

J'en ai assez d'avoir peur de tout, de vivre dans la frilosité, je ne veux pas d'un destin médiocre et on a celui que l'on mérite. J'ai eu la chance de n'avoir pas rencontré la mort de près pour mes proches (à part Noureïev) ni la famine ni la guerre ni les catastrophes naturelles... J'ai eu beaucoup de chance jusqu'à présent et je ne sais pas si j'ai su l'apprécier à sa juste valeur !

Que faire de ma vie, de la moitié théorique qu'il me reste ?

Mes activités professionnelles commençaient aussi à me lasser, elles étaient routinières et au carrefour des dates de ma vie, le bilan était mitigé, j'avais envie de tout plaquer, de tout recommencer. J'avais vu à la télé, il y a plusieurs mois, sur Canal Plus un personnage envoûtant que j'avais envie de connaître : il s'agissait de sa sainteté le Dalaï Lama. L'intel-ligence de son regard et l'humour de ces propos m'avaient touchée. Cette personne irradiait et m'interpellait. Chaque fois que j'allais faire des commissions, je ramenais un livre sur le bouddhisme écrit par lui ou un de ses disciples. Je découvrais une philosophie de vie intéressante par la vision différente qu'elle offrait, par sa manière de relativiser les événements, par son bon sens tout simplement. L'aspect religieux du bouddhisme m'émoustillait moins pour le moment mais je percevais pour moi une solution à la futilité de mes problèmes. Les êtres humains ont en commun les mêmes souhaits : ne pas souffrir, le droit au bonheur.

Tout d'abord le « non attachement » au moi fut une révélation. L'attachement au moi avait dicté toute ma conduite jusqu'à présent et était encensé dans nos sociétés occidentales, était-il dénué de sens ? À travers mon destin, j'avais toujours essayé d'analyser la situation par rapport à ma personne ou à mes proches ; l'individualisme forcené et récompensé n'était-il pas la finalité ? Toute la psychanalyse : Freud et les autres se sont-ils plantés ? Dolto aurait eu tort de culpabiliser toutes les mères ?

Pourquoi un seul mode de pensée, celui de notre culture, pourquoi ne pourrait-on pas remettre en question notre éducation, les vérités de nos parents ou les enseignements prônés dans nos établissements et dans nos livres scolaires. Pourquoi ne nous encourage-t-on pas à développer l'esprit critique ?

Pourquoi le racisme, la guerre, la torture continuent-ils d'exister alors que le passé nous a prouvé leur absurdité ?

Il nous faut oublier ce siècle où la science et le progrès technique sont déifiés, où l'athéisme a détrôné la religion. L'homme est-il alors toujours un roseau… mais un roseau pensant… infiniment petit ? Est-ce toujours un seul Dieu qui dicte nos actes ? Le paradis et l'enfer sont-ils encore au programme du jour ? Existe-t-il une vie après la mort ? Se réincarne-t-on ?

Pourquoi s'emmerde-t-on à traîner sa petite enfance derrière soi, pourquoi nous attachons-nous à nos parents, à notre fratrie si on est juste un petit maillon de la chaîne de la vie ?

Si le bouddhisme était le contraire du narcissisme ? Si l'altruisme était notre sauvegarde ? Si la compassion était l'infinie sagesse ? Si la non violence et le respect de tous les êtres vivants devenaient notre conduite commune ? Si aider les autres et contribuer à les instruire, à les éclairer sur leur ignorance, à les amener sur les chemins du savoir était plus bénéfique pour tous que de se retrancher dans sa petite vie étriquée, bien repliée sur soi où seules les valeurs de l'avoir sont reines ? Dire stop à la fascination sans fin de la course aux plaisirs, aux possessions, au pouvoir[1]. Si travailler l'être était plus essentiel que le paraître ?

Comment tuer en nous ces pensées obsédantes qui nous gâchent la vie ? Comment obtenir la vacuité des pensées, de l'esprit ? Comment révolutionner le monde en un monde meilleur et plus équitable par la propre révolution individuelle ? Comment respecter la vie, l'environnement et tous les êtres vivants précieux pour notre équilibre commun et celui de la planète ? Pourquoi toujours favoriser le court terme et ne pas voir plus loin que le bout de notre nez ou de notre mandat électoral ?

Si, à côté de la réalité conventionnelle, notre façon de percevoir le monde, il existait une vérité fondamentale passant par la connaissance de la nature des choses, leur impermanence ? Si nous étions condamnés à errer dans le cycle de la vie, telle une spirale, enrichis par chaque

---

(1) Livre de J.F. Revel et M. Ricard «le moine et le philosophe»

expérience jusqu'à l'illumination suprême pour le bien de tous les êtres ?

Puis, une fois la clairvoyance établie, apprendre les techniques par la visualisation, la respiration, la relaxation et la méditation. Enfin éduquer autrui pour transmettre la connaissance et la sagesse.

Est-ce que je subis un phénomène de mode, comme l'écologie, qui caractérise quelques intellectuels occidentaux ? Est-ce que le vingt et unième siècle sera mystique ou ne sera pas ?

Est-ce que je n'ai pas d'autre choix que de me tourner vers la religion car je suis célibataire à quarante ans et que mon pouvoir de séduction « apparente » a toutes les chances de décrépir ?

Toutes ces questions m'accablent, je n'en connais pas la réponse… Ma seule certitude est que j'ai pris la décision ce jour de m'arrêter de travailler, de vendre mes affaires et d'acheter un billet d'avion pour me rendre à Dharamsala, en Inde… L'enthousiasme m'habite, me dévore : il me faut partir et voir si ailleurs…

Je me suis débarrassée de tous les vestiges du passé ; je suis allée embrasser mes parents, j'ai fait mes adieux à la crèche. Ma valise est prête, mon billet en poche, je me dirige en taxi vers l'aéroport : je pars…

À la radio résonne la voix de Bernard Lavillier qui récite :

« Quand tu aimes il faut partir
Quitte ta femme quitte ton enfant
Quitte ton ami quitte ton amie
Quitte ton amante quitte ton amant
Quand tu aimes il faut partir

Le monde est plein de nègres et de négresses
Des femmes des hommes des hommes des femmes
Regarde les beaux magasins
Ce fiacre cet homme cette femme ce fiacre
Et toutes les belles marchandises

Il y a l'air il y a le vent
Les montagnes l'eau le ciel la terre
Les enfants les animaux
Les plantes et le charbon de terre

Apprends à vendre à acheter à revendre
Donne prends donne prends
Quand tu aimes il faut savoir
Chanter courir manger boire
Siffler
Et apprendre à travailler

Quand tu aimes il faut partir
Ne larmoie pas en souriant
Ne te niche pas entre deux seins
Respire marche pars va-t-en…

Blaise Cendrars.